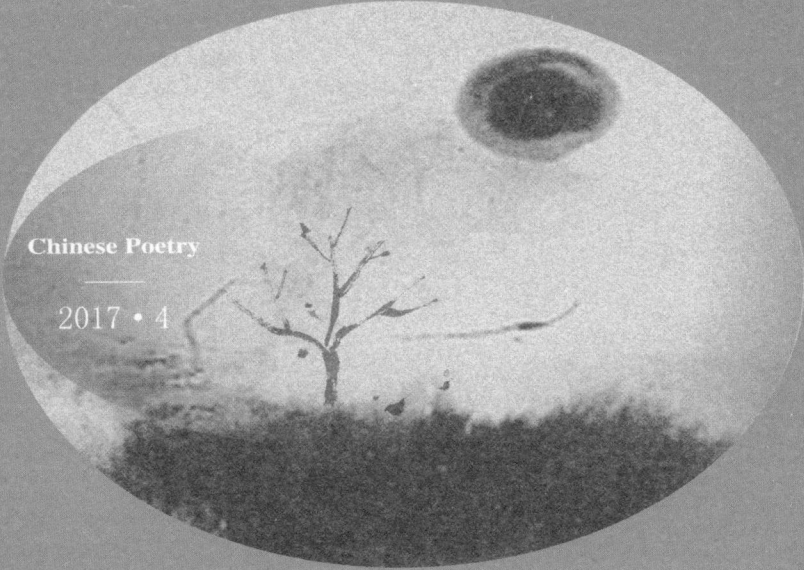

Chinese Poetry

2017 • 4

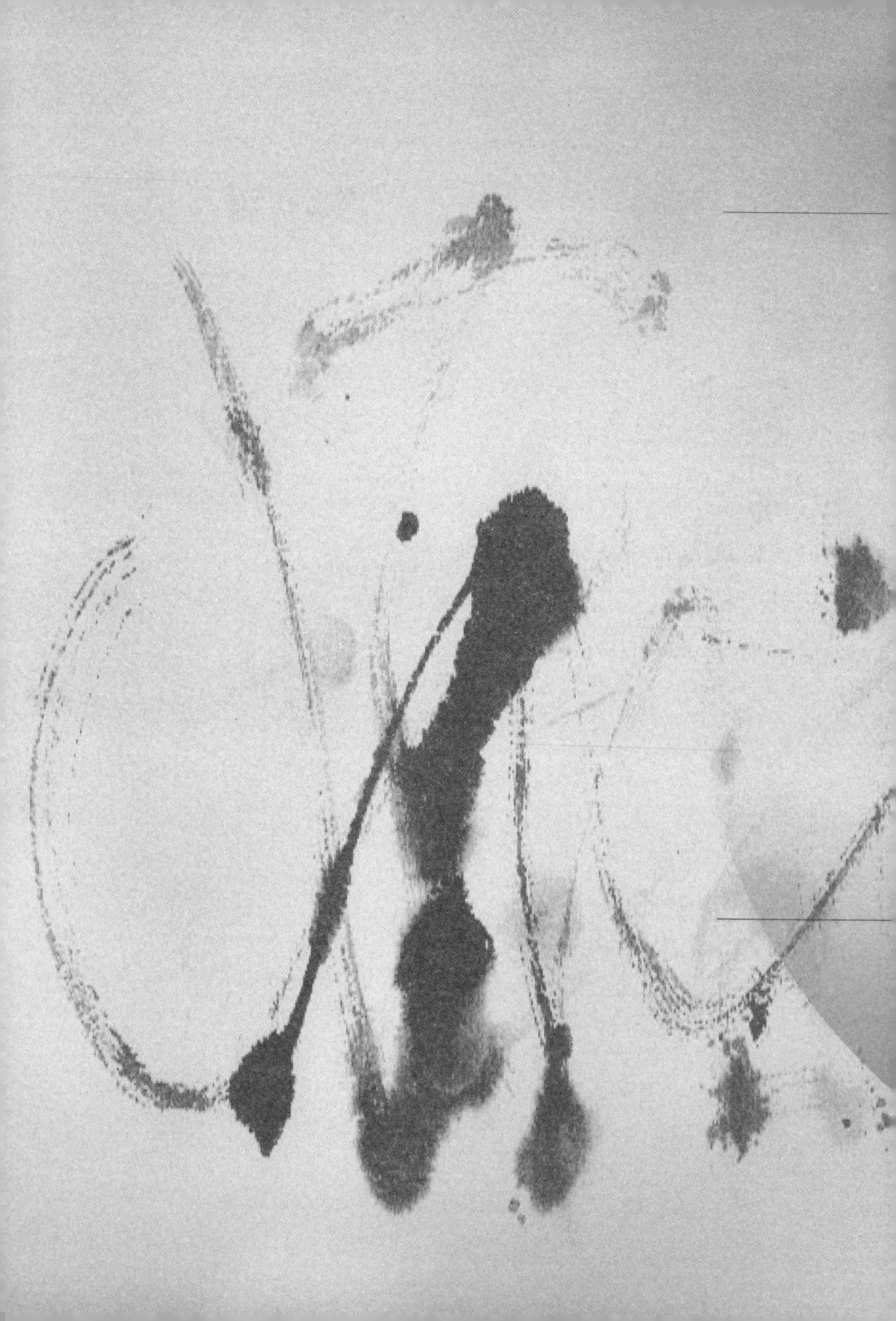

2017 / 4

第四十期

执行主编 张执浩

催咚催

Chinese 汉诗 Poetry

长江出版传媒　长江文艺出版社

编委会

（以姓氏笔画为序）

王光明 邓一光 叶延滨

吕　兵 吴思敬 商　震

汉　诗

主　　编　邓一光

执行主编　张执浩

编　　辑　小　引

　　　　　艾　先

　　　　　林东林

编　　务　万启静

艺术总监　川　上

美术设计　杜　娟

封面设计　祁泽娟

根号二书籍设计工作室

法律顾问

金　岩（湖北今天律师事务所）

编者的话

　　重现过往生活的能力，与直面当下生活的能力，这大抵是每一位写作者孜孜以求的事情，甚至称之为事业也不为过。而这两种能力的培养往往不是一蹴而就的，尤其是对于诗歌写作者而言，他必须让自己的语言产生出光亮来，达到照见的效果。一般来讲，诗歌的情感强度越大，这种光亮就越显明；反之，就越暗淡。问题在于，诗人是否有足够的能力把握住这样的情感。饱满的情绪固然重要，但更为重要的是，语言的执行力。所以，我们会经常读到这样一类诗歌：诗人在手舞足蹈，或涕泪纵横，而语言却无动于衷。真正的好诗却正好相反，它会让诗人遁形，有如天启。

　　编完这一期，《汉诗》即将跨入下一个十年，中国新诗也即将进入下一个百年。这是庆典的时刻，更是值得期待的一个节点。十年，我们出版了40卷《汉诗》；百年，我们确立了当代汉诗的"小传统"。我们没有理由不对未来怀有更大的期待。

目录
CONTENTS
Chinese Poetry

催咚催

2017 · 4
总第四十期

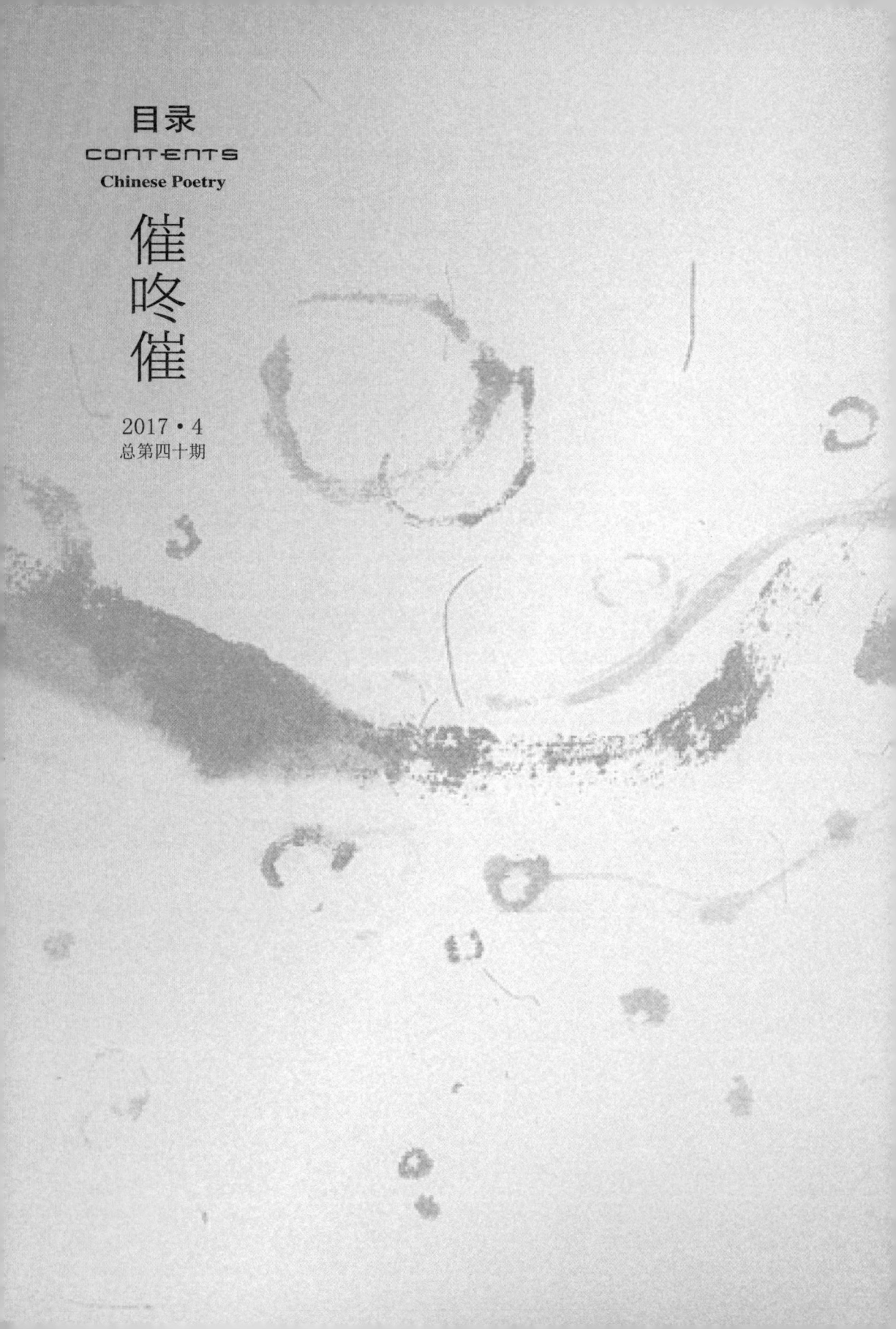

Chinese 汉诗 Poetry

开卷

Open Page

诗人

朱 零 作品

余幼幼 作品

朱零

作品

朱零是一位有大格局的诗人，视野开阔，张弛有度，这得益于他多年的行走和游历。丰沛的人生经验，和极具感性的语言执行力，使得他的诗富有准确而多维的质感。亲情、友情和家国情怀被他娓娓道来，质朴中见性情，诙谐中见机智。

（张执浩）

朱零的诗适合夜读，坚硬中不乏温和，力量外亦有轻柔。什么是生活？什么是死亡？朱零的问题其实是全人类的问题，而提问本身就是回答。我从他的诗歌中读到了愤懑、不满和看破俗世之后的出离之心。面对糟糕的现实世界，抑郁和退隐的想法谁都会有，朱零的选择是与歌德对话，与卡佛散步。

乌鸦、绵羊、父亲，他们活着，卑微，佝偻着背，像蚂蚁。其实我们也是其中的一员，指向他们的利刃同样也指向我们。我相信，享受自由的秘诀在于勇气和爱，微不足道的其实不是诗歌，是恐惧——这或许才是诗人的本意。

（小引）

有些现实题材是很难处理的，其一，要公之于众，获取更大范围的阅读量，很难或者说不可能完全呈现你的写作原貌；其二，如果作者力有不逮或者用力过猛，容易陷入滥情或者无情。滥情是无节制地重复一种套路的抒情模式，无情是完全把现实题材当做某种工具，以达到作者所要的目的。在朱零的写作中，他很好地解决了第二个问题。在我看来，他解决这个问题最大的武器就是"真诚"，他的真诚自始至终贯彻在他的叙述中。总体来看，朱零的诗歌是入世的，并且因为对世界抱有美好期望而敏感，因敏感而产生对抗，在这个过程中的心态，通过诗人的语言完整地得到了表现。

（艾先）

致普拉达

"什么是生活？身在梦乡而没有睡觉，
什么是死亡？已经入睡又失去梦乡。"

亲爱的普拉达
人世间的生死
你用这短短的两句话
就做了总结

如今，你已经入睡多年
早已失去了梦乡
而今夜，我迟迟不敢入睡
我渴望梦乡，但我更怕
过早地失去

注：普拉达（1848—1918），秘鲁诗人。

影　子

小鸟有自己的影子
高高举起的屠刀
有自己的影子，草原上飞奔的骏马
有自己的影子
肉身有自己的影子
疼痛没有影子
灵魂没有影子
菩萨没有影子
一个人离开另一个人
中间隔着两个影子

逃生的路上
有匆忙而凌乱的影子

废弃的家园
有昔日主人的影子
电闪雷鸣中
有世界末日的影子
绞刑架下，有一具长长的
偃旗息鼓了的影子

一万个诗人中
只有一个能留下
自己的影子
一万个航班里
只有MH370
没有留下影子

我居住的黑桥村
有自己的影子
豆各庄乡
有自己的影子
朝阳区，有自己的影子
北京市，有自己的影子
北京市的西边，有高高的烟囱
那是晨光下的八宝山
投在大地上
最惊心动魄的
影子

谎　言

一九七三年，雷蒙德·卡佛
在伯克利大学教授写作课
他经常迟到，并且
谎话连篇
有一天，他戴着墨镜

姗姗来迟
向学生解释他晚到的
原因：对不起
我的母亲去世了
有个学生当场揭穿了他：卡佛先生
你的母亲在你嘴里
去世不止一次了

噢，是吗？卡佛迟疑了一下说
我的母亲确实是前一段时间
去世的
可我的悲痛之情
一直持续到现在，瞧我这眼睛
他摘下了墨镜，指了指
自己充血的眼睛
以示自己
仍然处于悲伤之中

可事实上，艾拉·卡佛
卡佛的母亲
仍然住在加州的芒廷维尤
上帝还没有
召唤她

至于充血的眼睛
酒鬼们都明白怎么回事儿
上完这堂课以后
卡佛并不急着马上回家
对他来说
下一瓶酒在哪里
家就在哪里

飞 机

飞机在湛蓝的天空中
缓慢前行，它有一条
白色的尾巴，有时长
有时短

当天空出现两条尾巴的时候
一定有两架飞机
在互致问候
有时我们还能够看到
三架或者四架飞机
在天空中磨磨蹭蹭
但很少出现六条、七条以上
尾巴的
天空那么小、那么窄
容不下那么多飞机

MH370也有一条尾巴
它就是因为看见天空中
有那么多的尾巴交织在一起
才灵机一动，一俯身
与一群鲸鱼做了伴
大海那么辽阔
才不会在乎
多一条鱼还是
少一条鱼呢

它在水中潜行的样子
像极了在空中的滑翔
划开的那条水波
多像刚才
它在空中留下的尾巴

时间一久，连它自己都坚信
它就是一条鱼
一条来自马来西亚的
大马哈鱼
所以迟迟不愿意
回到天空中

晚　景

他仰卧在病榻上
微张的嘴里
有不均匀的喘息声
唯一的一颗门牙
突兀地孤悬在牙床的丘陵上
像一个暗喻　更像
一块墓碑

几个动词　动机不明
经常出现在那块墓碑周围
两滴浊泪
挂在眼窝　有时
又毫无知觉地
顺着鼻梁流到了嘴角
一起往下流的
偶尔还有失禁的尿液

这曾经的钢铁巨人
恍惚间
看见有人在那块碑上
凿自己的名字

天气预报

不确定会下雨，但是会
刮风
不确定冷暖，相信大家
能自己感受到
白天不确定能见到太阳
但是晚上
星星会在另一座城市的上空
闪烁
不确定是否有沙尘暴
但你明显长大了，长高了

不确定坟头，是否仍然飘着
白纸
但你所爱的人
确实越来越少
不确定地球的另一端
枪声是否日渐稀少
但白宫的新闻通气会
仍然充满硝烟
不确定天黑以后
牵挂的人能否安然入睡
霓虹灯下，那些匆忙而凌乱的身影
是否都能找到安身之地
不确定那些背后的箭矢
要射向何方
这些涂满毒液和咒语的暗器
是人类毁灭自己的
终极武器

预报中的那场大雪
仍然遥遥无期

即使下了，也不确定
能否遮蔽人间的污垢

死　神

每个人都是死亡的候选人
死神的手指指向谁
谁就得出列，有一些人
死神连告别的时间
都不留给他

每个人都有自己的坟墓
那些穷人，那些举目无亲的人
那些流浪者
即使死神的手指指了过来
他们也迟迟不出列
因为他们没有坟墓
他们没有钱
没有亲友
他们有疾病，有可怜的
一点自尊
他们目前还死不起

死神的手指指向另一些人
他们马上出列
过不了几天，或者在早些时候
他们就拥有了
足够豪华的坟墓　之前
会有一场豪华的葬礼再之前
有豪华的会诊
川流不息的探望

豪华轿车占了医院停车场的
一半车位

也有自动举手
要求出列的
他们有举手的权利
死神面前
人人平等
不平等的
只是场面、规模、规格和尺寸

尊　严

饭店门口
一家三口小心翼翼地
向里张望
迎宾小姐不由分说
连拉带拽
把他们挟裹进去
落座以后
孩子紧张又兴奋
小脑袋不停地
四处张望
女的有些局促
双手不停地搓着
男的在看菜单
他看得仔细而谨慎
每翻一页
都要停顿良久

他把菜单交给女的
女的又还给了他

他坐正了身子　说
凉拌海带丝
醋熘白菜
……
女的急忙制止
够了　多了
就吃不了了
服务员向她瞥了一眼
她心虚地闭了嘴
男的犹豫片刻
又要了一份小鸡炖蘑菇　说
这是你最爱吃的
女的感激又心疼
他又给孩子要了一听可乐
笑容从孩子脸上溢了出来
……

他们对周围的喧嚣
视而不见
一家三口的幸福
是对一条小鸡腿
推来让去的幸福
最开心的是孩子
她小口小口地吸着可乐
（不，不是吸
她在用舌尖
小心而专注地舔）
男的很少动筷
他的脸上挂着满足
他自始至终
保持着一家人的
尊严

洗 羊

水库的坝基一角，四个牧羊人
围住八十多只羊
一只一只地把它们赶进水里
洗澡
这些绵羊，像新生的婴儿
乖巧，听话
牧羊人此刻都成了牧师
洗澡变成了洗礼

它们在坝基围成一团
看上去多么脏
而从水里上来的
转眼间就像换了一件
新衣裳

岸上停了三辆农用车
洗完澡的羊
被一只只地赶了上去
有的兴奋，有几只
显得惴惴不安
它们互相拥挤
轻声呼唤、问候
有一只小羊的母亲
在另一辆车上
小羊大声地叫"妈妈，妈妈"
没有人能听见，它的妈妈
也听不见

不久之后
车子发动了起来

车厢里一片沉默
谁也猜不透远方、未来和命运

目的地只有牧羊人知道
作为旁观者
其实我也能猜到
我的脑海里迅速飘过几个地名
波兰、奥斯维辛、东帝汶、马尼拉、卢旺达
……以及
南京

是的
南京
就是南京

望甘肃

天山戴白帽
像年轻的顾城

祁连山的身子斜过了阳关
像顾城的另一半

两个身子依偎在一起
山峦起伏

骆驼和羊群
在山峦间游吟
有几匹马儿打着响鼻
像唱花儿的王四哥
突然冒出的高音

从新疆回望甘肃
河西走廊上
布满了喇嘛　游魂　民间歌手
以及一两只奈何桥边的
秃鹰

在甘肃
戴白帽的不全是顾城
河西走廊上除了酒鬼
偶尔
还有似行脚僧般的汉人
他们翻山越岭
面对汹涌而来的戈壁
肃立无语

从新疆回望甘肃
天山戴白帽
阳关和玉门关
空无一人

G先生

一个戴着眼镜的人
与一个没戴眼镜的人对视
是不公平的，歌德说
我极其讨厌戴着眼镜的人
一边端详着我
一边与我对话

五月二日
读歌德至凌晨，至此句
我恰好戴着眼镜

不禁一阵心虚
似乎我的眼镜，是我的利器
能够穿透他那张
布满皱纹的脸颊
窥探他的隐私、世俗与喋喋不休

闭眼片刻，我摘下了眼镜
我不想破坏我们之间的
公平
这下好了，歌德先生
让我们重新开始

墓　园

我的心像一座拥挤的
墓园
没有一个多余的
穴位

亲爱的
请你另觅佳处
爱情的坟场很多
你看街上那么多男人
每一个都是
移动的墓园

清　晨

我俯身吻你
时而激烈，时而缓慢
像沙滩上的救生员

在给溺水者
做人工呼吸
而你也像一个真正的溺水者
从我的深吻中苏醒、复活
重新回到人间

多么希望你
每天都在深吻中醒来
而我，这个不合格的救生员
总是像巨浪那样涌向你
淹没你、融入你、拥有你——
多么高的潮
直至海水退尽
沙滩上一览无余

在叙利亚，一个叫拉马拉的村庄

我看见几个反政府武装分子
手里拿着狙击步枪，肩上
扛着火箭筒
在村前漫步
那几张稚嫩的脸颊
开始冒出胡楂、冷漠以及
与他们年龄不相称的成熟
童年离他们越来越远
而童年的玩具——
那些弹弓、木制手枪、塑料刀剑
换成了现在的真家伙

我不愿意称他们为
反政府武装
在异国他乡，我端坐在

电视机前
看着这几个在自己家园面前
忧心忡忡的年轻人
他们一定有着
新闻里不为外人所知的
家国隐痛

想爸爸

接他放学的时候
我问孩子：想爸爸吗
他脱口而出：不想

我是想我爸爸的
虽然他没接过我放学
也没送过我上学
现在他老态龙钟
我们互为远方
为了公平
现在，我既不陪他散步
也不陪他远游
但我的心里
是惦念他的
虽然我也曾嘴硬
假装冷漠

春节回老家时
我问父亲：你想你的爸爸吗
他没有丝毫停顿
干脆又直接，蹦出两个字：不想

年幼的和年长的
都不想爸爸

他们肯定是有恃无恐
我的孩子从没想过
万一有一天
失去爸爸怎么办
我的父亲早已失去了他的爸爸
他那压抑的爱
早已随他的父亲
消逝在苍茫的群山和莽原中

我的孩子一天天长大
越来越像我
我也一天天衰老
越来越像我的父亲
作为一个中年人
我既不想让父亲
过早地失去儿子
更不想让儿子
过早地失去父亲
作为连接祖孙俩的唯一一条直线
我把自己有点佝偻的背
努力地挺了又挺
不能让这条线
出现丝毫的松弛

高跟鞋
——致阿米亥

大地答应了数次：
请进！
当你穿着嘚嘚响的高跟鞋
横穿马路时，
它说，请进！
可你听不见。

并不是真的听不见，
亲爱的阿米亥先生。
如果她真的听从大地的召唤，
她可能拥有了大地里的一切，
却会失去，
整个人间。

注：标题与第一节为阿米亥原作。

风吹草动

你的风　吹我的草
你吹
我就动
你猛吹　我猛动
你不吹　我等着动
有冲动的人
是那个见过一次
就捣乱你生活的人

微风拂过
我忍了忍
没有动
动得太多了
一般的风　难以撼动

冬　天

树叶掉了一片又一片
张眼望去
光秃秃的北方

荒凉和沧桑
树上已没什么好掉的了
最后
掉下一只麻雀

扫 墓

有些人死后拥有一座坟墓
有些人死后
留下这个时代的良心

我不想要墓碑　无字碑
对我也一无用处

我只是希望仍然有人读我
在世时留下的文字
他们每翻一页
都像在用手指
抚摸我的墓碑，像在
一次又一次地
给我扫墓

余幼幼

——

作品

诗可以写得如重锤，诗也可以写得如薄刃，这是诗人的世界观，也是诗的世界观。对于死亡的关注，似乎更明显地出现在一些青年诗人的作品中，这是一个有趣的现象。而青春和死亡的自相矛盾，让余幼幼的诗歌散发出更加迷人的气息。

"烟灰仿佛骨灰，天上另有人间。"好诗人最擅长的是控制情感，余幼幼同样如此，她最终的目的是将深藏的苦涩幻化成朴素简单的面具。

（小引）

余幼幼的诗中有着超越她年龄的成熟，这种成熟不仅仅体现在她贴近生活及身体的语言中，也体现在她文字里呈现的观念。作为一个已经过了关的写作者，有着旁人难以影响的关于人生和写作的看法。她能清醒地观察到事物的两面性，也能在文字中兼顾这种两面性。死亡与生存，痛苦与人生的密不可分，被承认，被包容，被呈现。也许真的是这样，诗歌在生活中成了保护她的避雷针，让她可以"既淋雨又保持着天真"。

（艾先）

余幼幼是《汉诗》最早关注的"90后"诗人，也曾不吝篇幅大量推介过她的作品。"幼女要革命"——这曾是余幼幼初涉诗坛时祭出的一道极具标识性的横幅，尖锐，直接，充满了语言的质感。青春的茫然无助，与人生的百感交集，在余幼幼的笔下得到了生机盎然的呈示。鲜有同龄人能够像她这样老道地运用语言，既准确，又逼真；既活泼诙谐，又不时有锥心之痛。

（张执浩）

废 物

我们写啊写啊写
用带铁的那头去直指心脏
面对许多文字的时候去偷去抢
去勾引去占有去把内衣挂在树上
我们去写，写换季之时植物须被引渡
到我们的诗中

白色的雾气白色的潮水白色的裙子
降临到我旁边的人身上
他可以美也可以毁于与我相邻
我们写啊写啊也写不过坟墓里的人
写不过地平线的塌陷
我们写啊写啊写出了性
写出了男人的自私
我们写啊写啊写到自己的乳头开花
写到跳楼死去的人又爬上了 24 层

我们写啊写啊写成了废物
再写也写不过大多数人的邪恶
时钟的指针在脑门上打转
写回爬行动物
写成穷人手中了断自己的利器
江面平缓的日子
我们想去对岸
渡船开过来只载走了些许可怜

我们写啊写啊写到
连亲人都不再原谅我们

夜 行

天不会亮了
发光的东西都压在皮肉之下

去换来一次夜行
为什么说天空是锯齿状的
因为时间一碰就断
眼睛一相对就感觉到了偏离

为什么要走到孤僻的路上
到了尽头就
彻底变成另外一个人
即便走得很慢
也无法跟踪刚才的自己

如果现在需要爱
爱就复活
如果现在需要上帝
上帝就必死

但是天不会亮了
唯有夜行
才能复活上帝

杀人不用枪

杀人不用枪
而是把太阳穴挖一个洞
里面埋上子弹
等待长出一把枪
留下撬动皮肤的痕迹
也不要把枪的秘密泄露出来

有人藏在对准枪的位置
和枪口保持着
随时可以接吻的距离
但是不要开枪
不能让亲吻跨越边界
不能让他们得逞

把危险变得那么过瘾
把死变得那么重要

磨　刀

磨好刀，去恋爱吧
找一个人从背面刺入
向他打招呼说明你的来意
在身体里磨刀
越磨越钝的
刀刃会向他证明
时间已经不多
不恋爱的人不配流血
不配和刀融为一体

恋爱吧，携手去磨刀
你和我一人捅对方一刀
没有人死亡
也没有人生还
磨好刀，把爱情都
留在刀刃上

对　岸

你看向对岸
尽是一些戴着面具的人
在祭祀他们头顶的财神爷
左手一只花鼓，右手一把匕首
在苍蝇的屁股上手舞足蹈
你看了看这个弹丸之地
正在无止境地缩小了再缩小
一批又一批的良心站不住而掉落
好人因此没有使用说明
从上游冲下来的尸体已经变黑

他们作为祭品摆得比生前还要好看
你想象他们的皮肤和毛发
已与河中的鱼群交配长出了新肉
他们破烂的衣服已成为过去的革命
还有鱼鳞附着在表面的光泽
你看到这些新鲜的死亡
在水中漂浮了一年
终于迎来了最神圣的时刻
他们安详地躺着
用来吸附岸上的恶臭
就像躺在曾经最爱的皮质沙发上
原以为泡一杯茶
就能平静地度过一生

空　城

把孤独扛在肩上
肚脐以上的部位都视为无效
比如去喝一杯水
应该打破它的实际意义
不是人体需求
而是要把空荡的房间
全部淹没

来去的声音都把
你当作码头一样环绕
接着是电视机里的人像
正在施行暴力
而你却毫发无伤
这未免太过无趣

过节的人也都与你形同陌路
不在此地停留的意义
或许是身体的直接命令

城里的人越来越少
逐渐要被一片汪洋取代

最近几天

最近睡眠有点变形
弯曲度受到失眠的压迫
很晚才睡着
很早就醒了过来
时钟走得很慢也很模糊
指针被水晶梨的汁水涂抹过似的
看不到具体的时间
只闻到了甜味
之后把一个叫雍措的藏族姑娘
叫成了卓玛
再后来读了几首翻译诗
很不喜欢
于是我想自己来翻译点什么
把你翻译成火车
亲自送你到北方去
再把北方倒置过来翻译成南方吧
黄土对应水
蓝天对应阴云
不管词语的丢失
反正过完春天
你就会坐着相同的车
又回来

致命的神经

他在头顶安了避雷针
我们就认为多巴胺是足够的
且不会在暴雨的天气陷入抑郁
做一个有怪癖的人

我们就认为他是痴情的
和这样的人交朋友多好
雨天不打伞
还能一起愉快地玩耍
避雷针能保护我们
在生气的时候
既淋雨又保持着天真

Game Over

正当吃枣子的时候，我不在家
麻雀上刀山，枣树下油锅
我的狗记性退耕还林

每年暑假去农村，打谷子的人
尾巴翘上天，滚烫的汗水
准备把水田煮开，风筒转成
阿尔茨海默症，八十岁姥爷说：
"现在的东西不经整！"

屁股坐弯田埂，坐到天黑
取下月牙继续割草，回家喂婆娘
婆娘乳晕如月晕，手快如剪刀
裤子不脱不准上床，奶不够还有米汤

正当想家的时候，我不在家
橡皮筋绷起的八月，至今还有弹性
小霸王打到最后一关，大 boss
有三个头，公主喜欢玩捆绑
game over, game over

正当想哭的时候，远方送来
甜眼泪，绿心慌

枪　响

如果你在水中睡着
那支枪已为你准备好
我会让枪声下沉
跃过鱼的背脊，穿过石缝
水草，半截阳光
然后安静地
躺在你的身边

你们一边醒来，又一边睡着

被　动

她的话中带有瘀青
风吹不走雨淋不湿的外伤
降温使之还原，疲倦使之现形
性别使之绝缘，现实使之蜕皮

她站在女人堆里像男人，站在
男人堆里像阳具，她什么也不像
既不像自己，也不像所有人

把秋天翻一面煎黄，直至冷却
词语受冻之际，不参与交流
默不作声的事物白得露骨
未尽之言逐渐康复

再等几年，仍旧被动的唇形
必会发出元音
或种植在另一张唇里

晃 荡

整条街都抹了致幻剂
街头的烤鱼店还没打烊
钻进鱼肚为
想死的念头码好佐料
身子轻盈像鱼一样
从 A 面翻到 B 面
每一筷子都是在为出窍
的灵魂剥离皮肉

现在好了
赤裸裸地晃荡吧
让酒鬼从胸膛穿过
向坠落的同伴吹一口气
脑袋放进车轮反复碾压
用空瓶子盛装幸存的孤立

想死的人没死
继续沿着酒精的路径晃荡
边走边剔骨
到街尾用一枚软月亮
救活杀你的人

失眠者

那一边是城市
近处是它的剩余物
废墟挂在钥匙扣上
开门时无门可开
墙上的灰灯光好几年没睡觉
闭上眼
药片化为羽毛
登仙时不用吹弹和告别

神秘感变轻往下掉
我没有了衣服，糖精挂上树丫
显得冬天特别黏腻而狡猾

那一边侵吞着脚下的方寸之地
直到无法立足
只有鼠尾草能在烟斗中生长
将渐冻的黑暗扩大到漫无边际
再收拢成一粒芝麻大小的痣
安静地躺于右胸下方
隆起的乳房即是一座坟墓
只有在那里
它才能代替我长久地睡去

打　牌

是时候重现昨日的狂欢了
用酒浇灌的室内盆景摇摆不定
但它们不倒向哪一方
也不偏袒无意义的神秘
沉迷于扑克牌的男女
手中的花色匀速向倾斜的一边运动
倾斜是概率的出现以及被运气
吞噬掉的日常

后面进来的人继续加入
这场不存在的牌局
发牌人首先指出这个世界的空虚
下家的双手发抖依然说不出
得势者和失意者如何被预先安排
我们教育那些不肯相连的数字
也从中分离出病态的耐心

后半夜从此处变成废铁
被无聊锈蚀的窗户再难关上

少了点什么

胃里装着惶恐
还有几年前被我们
一脚踢飞的啤酒易拉罐
路灯洒下的光斑
在胃酸淹没之前变成了
X光片上的一块阴影
这一条路还是原封不动地
倚靠在离开的人的肩上

几年前的我们离开了现在
走进医院接受治疗
内脏器官在仪器上暴露了
它们的不忠
阴影裹挟着玻璃渣子
发出久违的光斑

几年以后我们的背上
依然扛着一条路
只是这条路上少了我们

浪　费

酒量又涨了几厘米
与回暖的气温一同升上天
触及顶部的舌苔
就可以解释今天最深的区域
为何到了五点皮肤才开始反光
热气才开始使用体力
一群人把酒肉摆在最显眼的位置
是为了衬托夜晚的诞生和
唇齿间的幻觉
不管生于哪个年代

我们故意浪费掉的都是
今晚的二十几岁

吃到一只瓢虫

吃面吃到一只瓢虫
这是属于少数人的夏天

闷不吭声的我和
吆喝的服务员
摩擦着周围的热气
以及热气中挤进的唾沫

电扇旋转形成的风
时不时掉到碗里
卷走菜叶上的一粒芝麻
我有点心痛
这细微的损失

还有一小部分人不爱流汗
雨水会来进行补给

冰西瓜到了晚上就变成三角形
凉被下的噗鼾声定会
来劈开披着绿色外衣的梦

旅　馆

宇宙尽头的旅馆
不知道洗不洗床单
酥麻的声音穿透灯光
投射在苍白的墙壁

一个人睡在
无数人做过爱的床上
仿佛他们身体的
热度还未消失

天花板忽高忽低
窗帘跳窜在房间内外
只有雨还迟迟未下

戒　烟

食指和中指间夹着什么
什么也没夹着
我在做梦

梦里好像夹着
马路中央的双实线
我开着车
被交警拦下来

我不慌不忙地
掏出打火机
把双实线点燃了

喝汤不喝汤

我们为什么要陷入一锅汤
在它沸腾之前
舌头已经伸出窗外
舔一舔尘埃
再收回来
成为测试温度的工具

我们为什么不质问一锅汤
变馊的速度为何减慢
越来越冷的天气
越来越不需要
我们重新熬一锅汤

就像某人站在玻璃门外
冷眼看着这一切
喝不喝汤
仿佛都与他无关

从来不见面

说再见之前
彼此都没有见面
为见面准备好告别还是
下一次的见面
这取决于湖水有没有结冰
能不能承受
幻想啊失望啊之类的
东西在上面行走

芦苇往一边倾斜的
角度也算
步履或轻或重
都是从心里面迈出来的
人很奇怪
从来不见面
就是永别

我是你

提着猪头肉来到你家门口
才想起十二月到了

我该进屋做这个月的主人
把肉悬挂起来
招待一个远道而来的人
他走了很久的路
才得以保住许多情感和糖分
他也提着一块
肥而不腻的五花肉来敲门
这是你家
开门的应该是你
但一瞬间的动容
让我变成你

再　见

我的四分之一个世纪
你向左边倾斜一点也好
变成最后一天也好
出生与消失重合了也好
没有雨水浇灌也好
与一场大雪错过也好
长了蛀牙也好
或是自生自灭也好
你好
然后是再见

下面的时间变得凹凸也好
与影子一样长也好
困在皱纹的迷宫中也好
爱上了一个很远的人也好
去掉了他的长度也好
请说一声再见
然后是
你好

回到夏天

怀揣一元硬币大小的惊慌
把自己卖给油炸豆腐
空气中充满故事性
栀子花睡过头
纯洁的事物都在减龄

我们回到九岁
把夏天带着离家出走
裤兜里装着池塘
池水导电把鱼逼上岸

桑葚的革命是落地投降
莲藕的尖叫
是有人踩到它的腰
小石子拼命跳跃
击中一群麻鸭的欢乐

一定还有别的事物
安静之时悄悄变成了人
站在风中
以相似的频率摆动

洗衣服

总有一件衣服
反复洗了许多遍
也洗不干净
注定一辈子都
洗不干净的衣服
听起来
很让人伤心
好在

洗衣服是件
多么小的事情
当然
伤心就更不值一提了

人民中路二段

某些地名
要下大雨的时候
才看得清

水珠一点点将它放大
放大到任何人
都可以随意出入
观赏的时候
不需要用肉眼

水珠再一点点将它
反射出去
映在一块牌子上
出现：人民中路二段

我在这里把伞撑开
水珠就从伞顶滚落下来

他不太像从前的样子

今天的边界总算明确了
明天就是冬天
后天也一样

他穿上毛衣
头发推平

毛发中产生的静电
在他身上显出
新的轮廓

他不太像从前的样子
偶尔修剪我插在瓶中的富贵竹
把家里打扫一通
经常说要戒烟
但从来没有成功

他比以前胖了很多
最近又瘦了一点

他说我不胖也不瘦
但是冬天
还是胖一点好

老了一点

与前几年相比
我确实老了一点

老了一点
手伸进米缸或者裤裆
都不再发抖
前几年
还有些仪式感
对生活充满敬畏
对爱情抱有幻想

小心翼翼地希望
淘米水浸泡过的手
有世俗的光泽

碰过的男人
将成为我的丈夫

再过几年
也许会觉得现在
还很年轻
手不算粗糙
隐约有点妻子的模样

女艺术家

M 头发冲天
站在黑暗之中
把底层女性的身体
移植到大屏幕
墙壁上活动的舌头
甩动的马尾，被挤压的臀部
暴露的大胸，作为漂亮武器
被涂上各种颜色
结束后
台下响起巨大的掌声

第二天
另一位女艺术家站在
同样的位置
展示她画的女儿的裸体
和人体器官

此时的 M
坐在最后一排
抱着自己的女儿
用手遮住了她的眼睛

白日梦

你喝了清晨阳光中溢出的奶水
摸了月亮的乳房
娶了拖拉机驶过的那条小路
为何还不
盛满美酒来看我

我多想嫁给一张喝奶的嘴
一双摸乳的手
一条被男人压弯的路

我想喝酒喝到不省人事
孤注一掷
用灵魂
交换一场婚姻

固定环节

这些年积攒的头痛
舍不得送去医院扔掉
那就打一张白条
把欠自己的药片还给
固定的一天

好不容易才躺在床上
蒙头大睡
你们都去上班
好不容易生命里
固定好的环节
脱落下来
去做了一个
不固定的梦

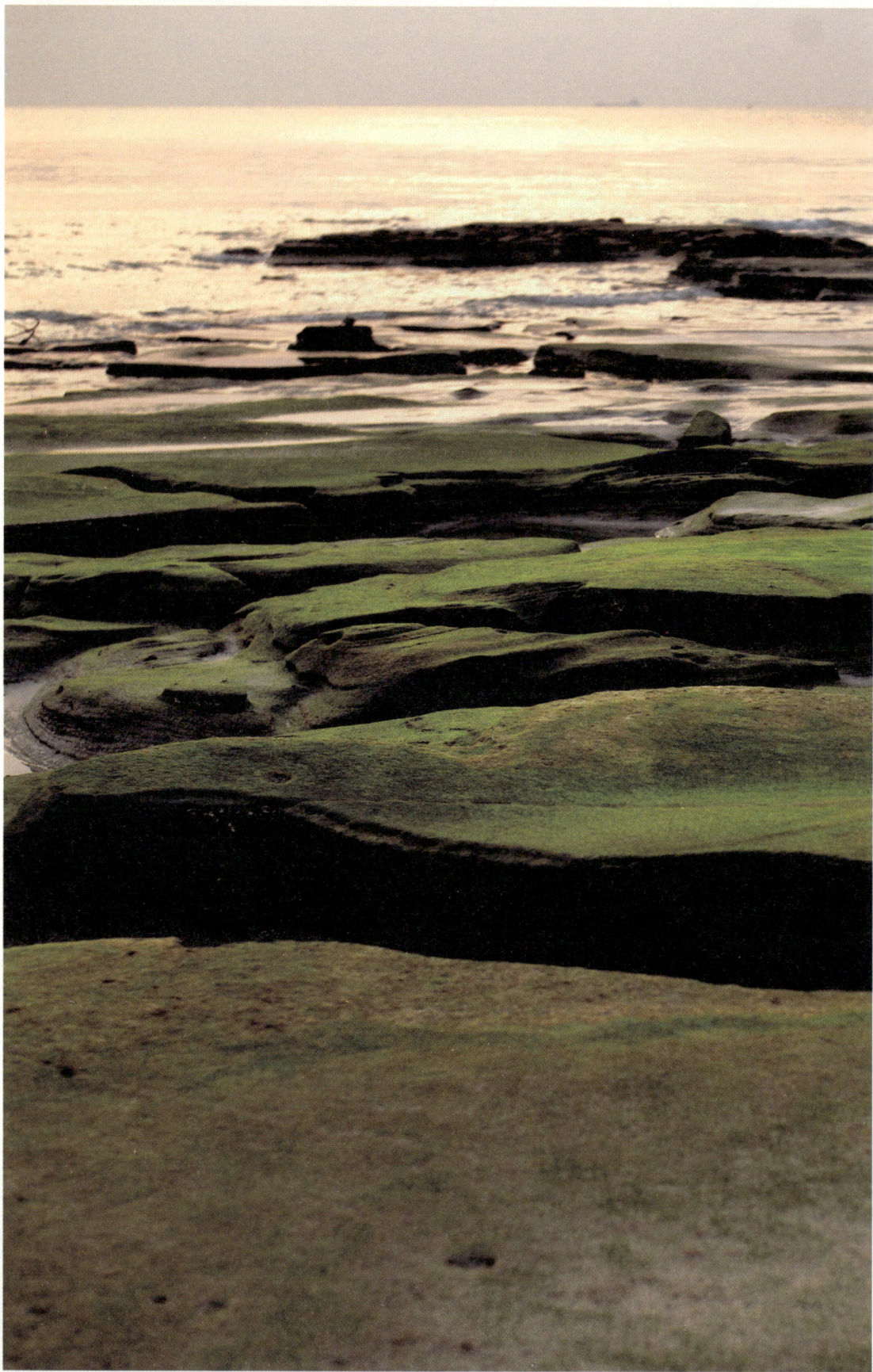

Chinese 汉诗 Poetry

诗选本

Selection

多多 雷喑
赵亚东 大草
杨美荣 徐俊国
程韬 韦建昭
蔡欢欢 老盖
白鹤林 罗西
林季杉 梁亚军 秋子
夏惠容 纯铁牙签
路顺 杨章池
黄土路 梨汁汁
窗户 霜白
向阳 仲诗文
李建新 纳兰
马泽平 张敏华
莫小闲 李柳杨
喻诗颖 屠国平

哭泣的羔羊

我已厌倦憎恨你
你，和你们。我的父亲
厌倦你们给我的铅块
这些无法呼吸的绞刑
背着它们，我已前行三十年

我被迫成为你们的女儿
一次出生
一次婚娶
我被赐予两种姓氏
横切两刀，却不能平行

噢，爸爸
这个荒谬的叠音
这些切进舌头的碎玻璃
每喊一次的胆战心惊
你是对的。你们是对的

你们喋喋不休，互控奸情
我是那个羞耻的多余
我尝试替你们动手，把自己剥除。
我摘掉心脏，手捧碎骨
它们该还给你，还是你？

这狗咬的三十年
没有答案的三十年
我已厌倦

鸵鸟爱人

把头埋进肚子，像鸵鸟那样
保持身体的曲张
让我看到你的光滑
不要抬头
你这懦弱的、羞怯的爱人
就让蟑螂摇摆着走过
让污言秽语刺入胸腔
把手伸进去
摁住那些微弱的跳动

没有关系，我的爱人
我只需要这么一点点
不够光明，也不正确的爱

人的生

生，出生，生下他
没有什么比生更像活着
生一个健全的人
鼻子不能在脑袋上
生一个明辨是非的人
此生只对骗子撒谎

蚂蚁不会哭
石子儿不会哭
假模假式不是哭
哭是活的开始，生的可靠证明

找一个不爱的人
生一个爱之入髓的孩子
把他清洗干净
一字不漏地告诉他父亲的卑劣，和生出他的喜悦

和我共用一具身体的骨头

我的骨头，在夜里
咯咯作响
贴着床板
咯咯咯，咯咯笑
像一群小女孩，要坐起来
要走过来，伸出食指
指责我

这些瘦削的女孩
刀片状的女孩
跟我并没什么关系
无非是，藏在我体内
那些幽暗仓皇的角落
时不时地，像这样
伸出食指
指责我

小意达的花

夜晚并不只能跳舞
那支叫郁金香的花
请蒙上脸
跟我一起
去街头。找个玻璃橱窗
或者铁皮集装箱
掏出枪
砰砰砰，放上三枪
碎片会照出你一半的透明
你可以记住这一半的透明
趁着月光

然后爬进另一个街区的疯人院
据我所知

他们的围墙并不高
如果突然加高
也没什么关系
这次可以用舞步
从大门进去
这次可以不蒙脸
这次管它有没有月光

元宵节的发现

每次
想起母亲
总是同情
她膏药一样的婚姻
贴了撕。撕了贴
附带撕下的一点皮毛
就成了她
生活的全部

此时，就在此时
在这个空荡的房间
突然发现
我跟她，唯一的不同
是我从不敢伸出手，向未知讨服膏药
这么想想
我又开始，同情起我自己

第二天

外婆从里屋抱出一摞衣服
放在沙发上
转身回到里屋
又抱出一摞，堆在刚才的衣服上
接着抱出一摞裤子

又抱出一摞袜子
她不停地抱
衣服裤子袜子不停地堆
堆到无处可堆
堆到这堆衣物液体一样四处流
她说，现在拿到公墓，烧给你外公
不需要到头七
我已经受够了他

我在你那儿拥有了全部的娇媚

月光不合时宜地贴了上来
我退回去，退去一个它够不着的角落
可它那么迷人啊，轻柔又多情

我想被它看见，看见我身体里所有的隐秘
触摸那些沉默的突起，属于石灰岩的部分
而它最好什么也别问
哪怕即刻把我忘掉

我知道你会伸手拉住我
可是亲爱的
我只想向它展示一次，你给我的全部娇媚

佳　话

我的女人
学名中含有一个
"妮"

我喜欢偷偷地
将"妮"
拆分为
"女"
和"尼"

我们已不再需要别的

我们的破庙
在大风中
自成
天地一景

女呼男为"大郎"
男称女为"金莲"

在云端为我们写下的一首诗

每一次着陆之后
手机里都会跳出三到五个
未接电话
多数是你的

有一次
当我向你一本正经地
讲述以下发现——
翻遍所有航空公司
的航空杂志
皆未发现与任何一起空难
有关的片言只语

你没有像影视中的人物那样
娇嗔作态
比如果断用冰凉的小手捂住
我的嘴巴
而是非常平静地
说——

盼望自己不再年轻
盼望自己老得更快些
快些
退休
那时，便可陪我

一起飞

为你写一首叫"同样"的小诗

在贵阳
在深圳
在南京
在青岛
在长春
在哈尔滨
在沈阳
在我去过和反复去过的所有地方
服务员们在更换床单时

都会露出同样的眼神——
先生，怎么不见和你在一起的
那个人

她们总是第一眼就看见
那件床头上的
文胸
不知道——
我走到哪里
就把它带到哪里

天　籁

某酒店

整妆镜前的洗脸池釉面
三两朵久违的
彩陶
"荷花"
若天亮前神仙送来的礼物
在这样的一面镜子前
我不由自主地
多洗了一把
多站了一会儿

你还在沉睡
即便我很响地小便
仍能清楚地听见你
均匀的
若有若无的
鼻息声——

没错。那正是我的天籁

一则秘密微信

你那里
肯定有我这里一样的
黄昏
和晚上。

如果是真的
你就在深夜
前来
为我的这首小诗
点赞

说给一只小狗

宠宠：
我的孩子。
最好最好的小朋友。
已同老爸失散七个月
单七天了。

今日小雪。

再次遇见谷子

谷子没熟的时候
总是昂着头
在乡下，种谷子的
都是老实人
这样磨出来的米
才好吃。很多年来
已经没有人种谷子了
乡下人也学会了精明
忙着算计产量和价钱
于是，我开始想念谷子
像一个老人
想念他年轻时的情人
直到昨天，我再次
看见谷子，和那个皮肤黝黑的
乡下人。他们一起低着头
真好啊，谷子一低头
小米就要被生下来
傻乎乎的，像极了我们
小时候的样子

一闪而过的事物

那些散落在草原上的墓碑
我看不清名字
疾驰的汽车，把他们抛向远处

那些小小的湖泊，在阳光下闪闪发亮
那些一闪而过的事物
我盯得她们越久，心，就越疼

我们的房子正被星辰照耀

我们在午夜的河上行走
月光把河水洗得发白
老旧的木桥，发出咔咔的响声
仿若父亲的咳嗽
母亲轻轻拍打他的后背
桥的那一边
我们的房子，正被星辰照耀

在神身边长大的孩子

小时候，躺在高高的草垛上
我和天空是那么近

神也知道我的存在，他喊我的小名
母亲在黄昏时
蹚过湍急的河流

在神身边长大的孩子
头顶都有一盏灯，母亲喊一声
那灯火，就亮一些

一只羊羔滚落下来

在乌孙山的南坡，风吹着它们雪白的脊背
和满含热泪的眼睛。

只有我专心地看着它们
想呼唤它们的小名
可是还没等开口，一只羊羔
从山坡滚落下来，后面跟着它年迈的母亲

落叶很快覆盖了这一切

这个秋天，我常常感觉到恍惚
雨中的拖拉机，早已经变成一堆废铁
老房子的主人去了山里，再也没有回来
旧时的车马，在雨的抽泣中瑟瑟发抖
是谁丢下了这些金黄的玉米
在院子里，落叶很快覆盖了这一切

这茫然无措的大地

我们在起伏的山冈上奔跑
三匹红马，运回最后一车高粱
也运回一地秋霜，和草窝里空荡荡的鸟鸣

到底是什么让我们如此忐忑
还有些什么即将消失，天真的凉了
这茫然无措的大地啊
像极了一个心灰意冷的人

央金卓嘎

在这个大城市，浪费她那把硬骨头了
米玛说。她和雪山脚下的牛羊一样
风越大骨头越响

在通往图书馆的路上
央金卓嘎偷偷地看着我
她确实像米玛说的那样，黑瘦的
除了皮就是骨头，除了恐惧还是恐惧

我也害怕，怕看见她小鹿一样的眼睛
除了干净还是干净。我也怕
不小心碰着她的骨头，清脆地响

会有人给我写信

我向你讲述，幼年的雨
只下在一片叶子上
八月的乡村，邮差笨拙地
走过我的院子
但那封信，和我没有关系

浸着雨水的信纸
长出绿萝卜，蒲公英
齐腰深的麦田里，有人悄然走过

我的雨，轻轻地敲着池塘的反光
会有人给我写信的
并在空空的信封里
种下青松和白杨，一个人
最初的模样

被喊灭的灯火

始终忘不掉的，是那样的夜晚
群星降落在屋檐
麻雀躲在巢中，一颗一颗地叼

采山归来的中年妇女
轻手轻脚地，一抬腿就跨过了木栅栏
小园里的夜露刚好打湿了
她的裤脚

我们躲在火炕上装睡
远来的人，还要计算明天的盘缠
什么也看不见
一点灯火都被狗叫喊灭了

惠空居士

见到惠空居士
他入寺四年
听禅音开光
寺中无住持
故他常来寺中居住
我问他
寺中和山中修行
有何不同
他说后山大峪里
有四五千人修行
众生平等
有的可修成正果
有的只开花不结果
有的则杂草丛生
自生自灭
山中与寺里
修行无不同
就像树木
各有各的归宿

南堡寨老村

去南堡寨老村
十分钟路程。早餐前
老闻领我们登临
这座隆起的山丘

四面陡峭，让我想起
新疆交河故城，一座军事要塞
山上居民已迁去山下
留下的村子像座废墟
偶有黄犬出来探视
见到生人徒唤几声
便不了了之。老闻说
此地适合养老
话题还未展开
便踩上了一堆牛粪
他是主动踩上去的
嘴里还说这牛粪结痂
应该早已干透
没想到还那么柔软
这是生活中我们常犯的
错误。但无损于闻同学
一朵鲜花的光辉形象

闻天汉

山庄的夜晚很冷
闻天汉脱下冬衣
给我穿上。他说
这是闭关三年的收获
身体发功时
周围一米寸雪不生
话说得特别轻松
叶师傅说，是的
修行人不打诳语
接着山庄两日
闻天汉就得不停地发功
偶尔也见他功力不济
站起来活动一下胳膊
或撇撇腿做做运动

世家子木心

木心小时候
家里佣人
清洁厅堂
换下案上宋瓷
摆上明代官窑
木心母亲见了
就会轻声呵斥
"明代的东西
都拿出来了
快收回去"
这样环境里
长大的孩子
才说得出
从前很慢
房门上锁
人家就懂了

丁忧三年

父亲坟前
磕过头烧完纸钱
我去了后山
在山里走着
一间一间农舍
看过去
看哪间空着
可以出租
我想住下来
陪陪父亲
读读书
丁忧三年
我忽然觉得

不是现在的
什么都好

骨　灰

父亲送去殡仪馆
火化的那天
工作人员只叫我进去
小车推出来
骨架颜色灰白
那条癌变的腿
呈黑灰色
父亲用这条腿
支撑了八十年
最后两年才成为
身体的负担
行走依靠拐杖和推车
上床靠双手搬运
我把它敲碎
一块一块
装进了骨灰盒
今天读到一句话
"一个缺钙的人
很容易变成灰"
忽然想到父亲
我打开一瓶好酒
斟满两个杯子
对着父亲的遗像
和他满饮三杯

临渊羡鱼：读白手起家

一直想有个院子
与南山对坐

关心植物
与书为伍
有一位女眷
照顾打理
前庭后院
朋友们可坐在
天井喝茶
或手持一卷
做回古代书生
女眷们可移步二楼
闲聊私房
或透过落地窗
观赏花事
这个愿望
我在宋庄看到了
我参观着
刘宇苏容
两人白手起家的
工作室和庭院
心中感叹
什么时候
也能绘成一幅
属于自己的
纸上建筑

佛寺前

有些人，没有进门
在外面高谈阔论，
我赶紧走开，
怕佛看见我不够庄严。
母亲说，你遇见了佛寺记得谦恭地避开
不要去叨扰了佛祖

我生产时遭遇了难产，
母亲在手术室外向在天国的祖母求援，
她祈祷笃信基督的祖母能护我周全。
从此以后，我
便不宜在佛寺边周旋。

秘　密

卖菜的摊位前
几个人在挑拣
讨论着莴笋比旁边的那家贵了五毛钱
卖菜的大姐冲我挤了挤眼
告诉了我一个秘密
"青皮的莴笋比白皮的莴笋要好呢！"
通过她，我还知道了一个秘密
尖叶的菠菜比圆叶的菠菜要好呢
我给刘武忠老师发了个信息
询问他
诗歌的秘密

巡检路上

塔灯亮了
影子肿了
风把梧桐树吹瘦了
奶奶说
万物皆有序
立冬有风立春有雨
一片梧桐叶扑簌
摇曳
翻转
坠落
一场雨在来的路上。

王先生给我装盒饭

他舀了满满的两铲米饭放进饭盒里
压了压紧实，又舀进一铲
他夹起几块红烧肉，拆了大半块红烧鲫鱼
铺在米饭上
酸辣土豆丝，见缝插针地塞着
一些黄瓜和青菜覆盖上了肉色
顿了顿
一整只鸭腿被搁在了青菜上
盖上饭盒之前
他又舀上一铲米饭，狠狠地压实
满满一盒饭的力量
能支撑到我
榨干夜的最后一抹黑

天主不在的时候

中元节的晚上
婆婆蹲在马路边烧纸

她在地上画了个圈圈
嘴里念念有词
"妈妈呀，你信奉天主，我已经帮你向天主祷告了！"
"妈妈呀，给你的钱，拿去用吧！万一你那边只有佛祖呢？"

什么都是有规定的

在外操室里，
吃零食是违纪的，
看与生产无关的书是违纪的，
玩手机打电话是违纪的，
翘腿、打盹、睡觉是违纪的，
藏起来不露脸更是违纪的
一切都是有规定的，
屋子里两个高清摄像头实时记录着的。

阿福怒指着摄像头，对我数落着那些规矩。
阿福说："我顶瞧不上你们那些所谓的诗歌。
不过是把一些简单的意思用晦涩的辞藻堆砌成华丽的句子，
也不过是把一个有点儿道理长句子故意分解成两三个词语！
非得弄出个什么意识流派的，
好像什么都是有规矩似的！"

我记录下阿福的这段话，
倒发觉真像一首诗呢。

煨　汤

下夜班回来的路上
买了三节藕、两块扇子骨
架上炉子，煨汤
搁上一大块姜
几粒花椒

一把香葱
一样都不能少
就像一家人
每顿饭一定要坐在一张桌上

和解：致人生百年

最大的屈服是与死亡和解。
秋日盛大是一把巨锁锁着自己，
能锁到什么时候呢？

开花的负担，可以卸下了，
虚无缥缈的壮志，
也可以交给流水去弹奏了。

平凡之辈，
没有什么使命不可以忽略不计，
做一个无害到无用的人，
用活着来表达今天，
虽然略带羞愧，
但这是卑微者献给世界的最高礼节。

谢谢生命水到渠成，
我在淡淡的光晕中柔和起来，
大大小小的爱恨，流淌到我这里，
形成了平静的湖泊。

人生百年，大美无言，
我渴望自己对称于夜空之浩瀚，
每一颗星辰都噙着一场暖雨。
人间苦厄多，加一点糖吧，
我就此融化。

寒秋：致红高粱

万物凋敝之美，
多多少少有些惨烈。

我不敢与断脖子的红高粱对视，
它们像一群被解职的老忠臣，
呼啦着风中的破长衫。
我进入高粱地的时候，
晚霞用血在泼墨，
酷似一场还没结束的惩罚。

挽歌：致夏末

蒲公英只剩下半个脑袋，
还要飞越许多岔路，
才能活下来。
戴胜鸟歪着头，
测试雨后的叹息，
蝉一哭，
远山全碎了。

天光打在黄昏的脸上，
树枝颤悠，翅果快受不了。

春末夏初有挽歌。
构成灵魂的旧笔画，
立即就要断了，还在撑着。
在撑什么呢？

丁香、迷迭香、忍冬、含笑……
请克制一下自身的香气，好不好？
美女樱、金雀花、紫荆、天竺葵……
该谢幕了，花落要趁早。

三月：致调音师

垂直于陡坡，
万物生长，
倾斜得厉害。

三月耕播，
美丽的亡灵，
要生孩子。
南方有鹧鸪，
谁来哭一哭？

悲欣交集的人，
拿着听诊器游历人间。
观世音的音不准，
谁来调一调？

九月九日:致青山

朝代更迭，
杉树永远笔直于自身的尺度，
青山依旧是青山。
彩霞升上额头，
落日在胸膛中炼丹。

我之前，我之后，
相对于小小的星球，
再大的功名，
也是轻于鸿毛的遗产。

如果一直不剪胡须，
我会借着秋风飞起来，
当我抵达星辰，
从死亡的高度俯视人间，
千古菩萨心，
古今是一天。

物哀：致桃花

清风破译不了诧寂，
反而加深了竹林的禅意。

指甲花园的上空，
物哀没有形状，
不知是白云在走，
还是苦行的绵羊在飘移。

喜欢摇椅很久了，
轻轻晃动，生死平衡。
葡萄架下，对似水流年的追忆，
有绵绵细雨，也有平地惊雷。
再卑微，也有薄欢，
小骄傲，培养着隐忧。

燕子每年来访亲，
它穿着去年的丧服，
轻轻唤醒了
桃花的聋耳朵。

遗址：致清风

小溪消失……
红蓼出现的地方，
那块腰部长草的断碑下，
埋着半册宋愁。

我经历过很多朝代，
每一个残缺都有根据。
我不是蟋蟀，
蟋蟀替我悲鸣过了。
我不是故国，
我只是故国的余数。

我是我自己的遗址，
我的荒芜就是我活过的证据。
我精心设计好草木，
就要成为一缕清风了——

我要吹拂，
吹拂是我的诞辰。

第一天：致佛龛

错过了早课时间，
我去扫落叶，
捡芝麻，
给麦冬草梳头。
错过了斋饭时间，
我把歪在泥里的老佛龛，
轻轻扶起来，
抱到睡莲池去净身。

出家第一天，
我向佛坦白了三件事：
小时候偷过枣，
在草垛后看过脏书，
看到有人杀鹅，
我吓得哇哇大哭。

秋先生：致骨感

败荷杂乱无章，
满池子都是干枯的笔画。
风里有砂纸的摩擦声，
这是秋先生
在清理多余的皮肉。

一个人活得
只剩下残山剩水，
更有骨感。
随着年龄的增长，
对灰烬的使用，
也升华出哲学的意味。

刺槐的刺，
刺蓬的刺，
黄刺玫瑰的刺，
所有的刺都带着
刺猬的咳嗽。
这是秋先生
梦见一个人的暮年，
半个身子，
松垮如病句，
另外半个身子，
棺木发新芽。

嫩翅：致娑婆世界

我从盘卷的芭蕉叶里
生出来，
正好碰上
蓝天解开拉链——
一湖秋水，
荡漾着娑婆世界。
我看了看
自己的嫩翅——
没在尘世飞过，
暂且
还是干净的。

未名湖：致天使

未名湖的波澜已醒，
博雅塔刚从太阳里起身，
我来得正是时候。

白皮松提着自己的躯体，
努力接近云中的神。

天空中白银万两，
我只要一朵。
蝼蚁不免一死，
悲秋之人，
把理想哭成断肠。

起得太早，捡到星星，
越过喜鹊的脊背，
目击天使落地生根，
向诗而生。

初　八

把手握紧
再放开
天不会暗下来
一个人头抬起
另一张脸
不会落下
上楼
会更高
看到树林和远处

用什么刷子
并不重要
重要的是
油漆的颜色
和正在呼吸的
涂料

向前去
前去
英文和中文
的区别
就是一个
亚洲人
和印第安人
的区别

于是
风吹过
大地

青菜开始
摇摆

臆想中的雨

在北方的
最后一个夏天
总感到外面在下雨
出去收衣服
天气其实不错
我发现只要
拉上窗帘
雨就开始下
就把窗帘拉开
但只要一闭眼睛
雨就开始下

我的妈妈在吃巧克力

她没有注意到
我在看她
她的表情很专注
和吃面条
米饭、馒头
时的样子都不一样

父　亲

对于这个男人
最近的列祖列宗
想说很多
后来把嘴巴闭上

我恨你
吗?
我爱你吗?
以前在宜山路
89路旁边
你搭过我一次肩膀

家　宴

老婆的表妹生日
四桌的亲友
我猜测
他们会怎么看待我
离去的岳母
不得志的工作
总体坎坷的婚后
他们会怎么看我
也许我能完全放下困扰
忽视感觉到的
每个人的苦

表妹要给我们拍照
我轻轻地
搭在余燕肩上
重视这次合影
我认为在瞬间
夫妻会恩爱
忧郁会离去
我看着镜头
认真地挤出笑容
眼泪却一下子
冲了上来

很多人和我一样

他望着　高高的　楼房
就想着　它们会突然　倒下

当他和一群　横过马路　的孩子
擦肩而过　他们的书包里
藏着香烟　和长刀

这么多年　他还在抽
一种叫做　"刘三姐"的香烟

他没杀过人　但和很多女孩　接触过
他很驽钝　认识了很多　憨厚的人
他们都习惯在　有阳光的时候
用吉列刀片　来刮胡子

麻村小时代

苏荷的小苏在门口吐了第三次
他推销的尊尼获加黑牌威士忌
今晚销量不错
胡桃里的小胡今晚唱完了六首歌
他最拿手的是陈奕迅和周杰伦
还有鲍勃·迪伦
凌晨3点
他们坐在电动车上
经过星湖北一里
经过星湖路
经过民族大道
经过麻村巷口

现在
在巷尾
他们
不小心
碰了一辆大众帕萨特

少年游别回头

夜里三点
我们要起床
去爬一个高高的山坡

那个高高的大大的山坡

手电筒的光太暗了
在我们身后
我们爬过山坡的痕迹
很快就灭了

有人在中途喝了一杯水
水在他喉咙咽下的声音
我们都听得到

有人说布谷鸟开始叫的时候
我们就会爬到山顶了

有人说，夜里不会有布谷鸟
布谷鸟在黄昏的时候才会叫

如我们所愿
阳光开始照在200米之下河面时
我们爬到了山顶

在山顶，我们10个人
穿进了一辆崭新的柳州五菱

柳州五菱在弯曲的山路上
像一条鱼
飞快地游向了百色城

已经没有人记得
刚才是不是有布谷鸟叫过
除了要去桂林读技校的15岁的何宏林

野兽派

藏在我身上的那些野兽一定走失了最威猛的几头
比如老虎，比如狮子，比如犀牛
猎人们扛着火枪在我平静的森林里大范围地搜刮
刷刷地瞄准动物的脑门
这么多年来，我逃之夭夭

两个人

两个人
我们喜欢说两个人
因为一个人
太孤单

一个人会发生很多事情
两个人是很多事情的叠加

两个人使用同一盒牙膏
同一个脸盆，同一条毛巾

两个人抽同一根香烟
用同一杯酒
他们使用同一把剃须刀
不小心的话，流同样的血

他们拥有同一张床
因此拥有同一个夜晚

他们一上一下或者一左一右
贴在一起，像两张白纸
他们亲吻，拥抱，还有其他
不管快乐或者痛苦

在楼顶上

在楼顶上往下瞅
我有摇摇欲坠的感觉
在我的不置可否里
雨滴帮我实现了坠落
沿着地面，我流入昏黑的下水道

夜晚之后，将有很多事情发生

夜晚，它
从来都不是
我们这里先黑
然后他们那里
才黑

夜晚，它从来都是
他们那里先黑
然后才是我们这里黑

因此，在间隔里
我们有时间
去准备食物和服装
并打电话
告诉他们说

夜晚它从你们
那里慢慢
移动过来了

星　空

那颗星星美吗？
我去过
我想在那里住下去
那颗呢？
我曾经把脚埋在那里
他们每天都会升起
有些星星我没去过
他们也在那里

你有多久没有笑了

好像很久都没有笑了
我连忙笑了两声。真难听
母亲的笑是爽朗的。我学不会
他们的笑各种各样
有时候，我开怀大笑
要是录下来了就好了

我是说，我很小的时候
对生活满意
有一天，脑袋瓜里突然冒出这个问题
现在想来，竟是人生的
第一个问题

我知道

我知道你的动作在说些什么
我知道

我知道你在询问、探索
犹豫还怀疑
我知道
你这时很自私
那时在讨好
有时还反抗

我还知道，我们除了身体还有性别
因此都，渴望被释放
那你知不知道
一个女人，在只是身体的时候
感觉到了身体
我，在你的一个亲密
小改变里，感到了爱

大叶榕

大叶榕花了两天时间掉光了所有叶子
光秃的枝桠现出一个硕大的鸟巢
不见大鸟出没，未闻雏鸟啾啾
倒是办公室里，下午的时候
小同事们会突然发起一些话题
莫名其妙，戛然而止
一开始我是闷葫芦
后来她们安静了，我开始找话说
上午最忙，下午最热
傍晚我穿过铁门
一阵凉风吹来，真舒服
鲜嫩的叶芽已占领整个大叶榕
原来是它们，挤光了老叶子
游泳还太早
这个春天的周末，我有过两次出行
梧桐山，甘坑
然后就不想去哪里了
在周六的清晨醒来，在周日的清晨醒来

细数着，陷入时间的漩涡
再次走到镜子跟前
我感叹消瘦
记得上次照镜子是在九月
摔伤的膝盖好了
镜子里的家伙前所未有地健康和美丽
快要休完产假的朋友说
这个春天最像春天
这个春天一事无成
这个春天雨水多，消耗我的丰腴
今天的天气不错，凉爽
转动椅子，目光所及之处
一片树梢
它们亲吻，憨厚得很
大叶榕的翠叶长大变绿了
鸟巢重新被掩藏
空中恢复了原来的模样

缩小术

夜色和寂静都有帮助
还需要绝对的清醒
保持清醒
困意袭来就融入睡眠
如果依然清醒，看看你自己
是不是在变小
小成一个黑洞
时间是一块石头
绕着你转圈圈儿

一只羊的意外死亡

我们说蚯蚓、羔羊、菩萨
我们说洁白的羔羊

不是你喂的青草，它就不吃
被拴在一棵树下
它比你要求的，更安静
以至于，你来找它的时候，感叹
甚至，没有一只羊该有的样子
然后它死了
打乱了你，元旦
送它一顶帽子的计划

我当然不是这只羊
但我宣布，对它的死负责

医生的赞美

医生的赞美是真实的
她有二十多年的经验，看到了它的大小、光滑
而我能感觉到它
只有我，能完整地描述它
在人群中散尽
在独处时聚拢
攀爬至眼底
是温暖的
此刻你若显现
便能看到它

一扇窗户

一扇窗户，突然
闪现在天花板上
它一定来自窗帘的某个缝隙
和窗外，流转的光
昨天，它可能也来过这里
但我不在
它来自昨天、前天、我没有拉紧的

窗帘的缝隙
来自过去的一个错误
像回忆的某种
可是窗户的那边是什么呢？
谁在那里？
它明亮又平静
好像有着，让人不忍心打扰的秩序
这窗户，不早不晚地显现在这里
让我心中，充满感激

向现实关闭倾听的耳朵

谢谢；关于诗人的文字和诗人生活之间的话题，
你可以闭口了，因为我没再去倾听，也
没再去考虑。比如去向那个瞎子说话，
去告诉他应该去反抗运命，或者去祈求
贵胄的哀怜，他可能做不到
（而历史也告诉我们，他确实也没做到）；
那个叫荷马的人，那个跟随奥德修斯
漂流的人，在死后被贵胄和命运祈求。
谢谢，我已经和一支笔焊接在一起，
准备去迎接亘古的历练，去冶铸出一粒燧岩，
以便在我自己哀悼自己的时刻，能享受到彻底的静谧。
和大家一样，我曾经也震撼于星空；但其实，
它们不是在运行，而只是完成了睡眠。

心情不爽，即拆开严绍耘自然成茶饼，屏气饮之

很硬之茶饼，357克，藏了又藏达三年之久的茶饼，
今日饮之,若不再有明天以及未来之壮烈。

大前年得来；严同志嘱咐曰不会再有馈赠之饼。
我于深藏之处找到拍照；
于茶台翻覆之拍照；
拆开，拍照；
取茶饼于茶台几面，拍照。
有文字闪烁其光，熠熠生辉，拍照。

我没找到普洱刀和普洱锥
我用手砸开茶饼，用另一只手

接住从空中掉落之茶淬。

煮水。
冲壶。
置杯。
投茶。
数数儿到十五。
倾出：是清亮滑爽和略有黏稠和执着感的茶汤，
它从紧压固锁之茶层间渗出，且汩汩流淌。

一碗喉吻润
两碗破孤闷
三碗搜枯肠
四碗发轻汗
五碗六碗，唯觉两腋习习清风生

我砸茶的手，
乃感到有刺破肝胆之大恸。

转　移

我把一个朋友解释的事情，转给另一个朋友。
在微信上。

像这一条遗弃的渡槽。
四十年前，它把水从低处转移到更高一些和更远一些的地方。
从地上和地下。

我从甲地到乙地，做着空间上的迁徙。那是今天早上的事情。
那时候，我听到有重大事情在发生，
返回时，从车上的收音机，我听到依然有更多重大的事情在进行，
在推进和结束。像窑变和残破的瓷片：
那所有美丽和崇高的被视线转移，
它们碎裂的声音脱离自身，

嫁接和移植在我经过和触摸到的事物身上，
有了风吹过渡槽挂擦出的朽坏，
并因此而被叫做伟大和雄健。

即将午夜，我静止，
在冻僵的时刻保持必要的警惕和内省。

想起德东

"我的工作就是让土地只长豆子而不长杂草"，
在美国的那个叫梭罗的人说。他在湖边劳作，在
昆虫和青蛙的叫声里构建哲学，把
康考德的学派和精神，灌注到那一个国家
和土壤。有一家出版社介绍那本《瓦尔登湖》的书，把梭罗称作慢生活的领跑
　　人。哈！这当然错了！当然不能这样去解读！
自然，不是说梭罗不可亵渎，不可解剖，但这只可能去找
德东老兄，去找到他柔韧的刀子，去
这样的剥皮：
"于土地来说，收获是罪恶"。

暴雨将至

猫应该是吃货的图腾，它从空寂的场所走过去，会忘记三天前去过的地方，
即便那里曾有过只属于它的那条鱼，有过那只温暖和散发香气的手。
它走过去，无视那片落叶和那双脚，
当然，也毫不知晓关于猫的评论和判定。
吃货们在街上，他们胀饱的腹部在屋里和浴室，
在铁青色的天空之下。

别了，我就要离开这里，
告别简单而意味深长的景象。
早上的一枚沧桑和疲惫的核桃。路面上醒目而倔强的路桩。
以及诗歌行走在大脑沟回的那一双脚。

我前生可能是贴墙的竹子，
暴雨将至的时候，我的图腾是让影子摇曳和栖身的墙角。

蟋　蟀

这肯定是两种场景：
通红的夜色和乳黄的房间。很动的很艳的和很静的，它们在同一个地方。
仅仅是一道墙。
墙里和墙外。
仅仅是一个时间上的片段：10分钟。
虚幻的刀子落下，切断这个时段前后的事物。

我没看到刀刃的光芒。
只有那只蟋蟀，它在我看不到的角落里说话，
声音很响。

再　见

秋葵和过冬的大白菜。大葱和沙果。牵牛花和大杨树。纹丝不动的气流和日子。
再见。

印在纸上的字和长在地里的土。流在鱼身上的水和漫过人身体的酒。遮盖着房屋
　的天和撒欢的一狼二狼三狼狗兄弟。黄瓜和石子。
再见。

再见不到大雁。
它们已经早于节气飞到了南方。

留在这里的节气，以及陪伴我们南北逐走的季节，我们不用再见。

像仇人：我们互相牵念，
甚至不错过睡眠。

诗选本
095

陇西院即景，或致李白

旧院子里来了新游客，
但您年轻俊秀得像个老朋友。
好比我着旧衣衫却换了新发型，
但微信上的老兄是才知道。

我们楼下屋前林间路旁的留影，
只为了探访您当年读书游玩的古迹。
而您白衣飘飘独自伫立于陇风堂一侧，
难道是静候一位千年后的新知？

在夏日的一场新雨后，
陇西院恰似一个亟待复兴的前朝遗梦。
我自认为新颖别致的致敬诗，
或许不过是篡改了您年少时的旧句。

香烟诗，或越王楼怀古
——赠雨田

烟雾善于登攀。在你指尖，如游龙，
或似飞凤。但嗜烟者并非皆衣袂飘飘，
如仗剑的诗侠，蓄长发、美髯。

我只是偶尔孤独眺望，看见八百公里远方
楼阁里，谁正凭栏抒旧怀。
貌似古往圣贤，或就是一落寞青年，
在把某小女子思念。

她远在三月的扬州城里？或科技城绵州？
正小瞧着我，经过新建越王楼下
盛世开元的长街，抽着焦油含量12mg的纸烟。

如果你不是活在工业突突冒烟的当代，
是否也能叼一只做工考究的烟枪，
与教授或老板喝茶、斗地主？
任那缥缈虚无的青丝儿袅袅升起——

把毫无传奇的身世包装成
游学归来的雅士，或大隐于市的谪仙。

雨中游魏城

魏城，下雨了。
这是深秋和我们
对于过去的第一次
共同的回溯。

而古老的魏城，
不是一座城。
至少对于田园来说，
对于这一天的漫游来说。
或对于细雨的沉默
与吟唱来说。

乡野深处的庙宇、石刻和传说，
都是被封存的孤本。
流逝的时光，
风化的文字，
像一幅幅古旧的水墨画。
向一群年轻的采风者，
不疾不缓地讲述。

很幸运！我刚刚尝了鲜——
一个熟透的野柿子，
一位寺院守夜人的慷慨赠予。
在山腰的一户农舍旁，
我以草木上的露水洗手
和净心。

后来，当我起身，
抬望一派朦胧的山水。
看见深秋的大地上
万物萧瑟，恰如创世之初。

玉镜湖会议纪要

湖水是人间最公道的明镜，
把所有春天的美色，都平均分配。

一模一样的亭台与楼阁，
一模一样的花草与树木，
一模一样的男欢与女爱……
一律无条件地镜外一份，镜内也一份。

所以我们都爱清廉的湖水。

好像这丽日和风的春日，
这七里香盛开的午后，
都是从那明镜之内的美丽世界，
传真过来的社会主义福利。

只为了八位来自游仙的诗人作家，
在深刻反映中式园林特色的玉镜湖畔，
开一个务虚的作协工作茶话会。

仙海湖的鸟

我们沐浴着初夏白银般的阳光，
环绕着山中湖前行。
那天空的胜景与大地的幽隅，
同时呈献最高的礼遇。

像一群迷恋人间的天鹅，
或一只外表谦逊，
但眼神中透露出高傲与孤独的鹤。
你在碧玉之镜般的湖面，
照看自己清瘦的前世。

你想写作一首最纯正的抒情诗。
恰如这人间仙境般的仙海湖，
它让每一位异乡人，
在夏日漫长的旅行中学会沉默和感激。

在湖水之上群星隐退的天空，
我是一只远游的云雀。
偶然发现自己蔚蓝的前程。

火溪沟

深秋的山谷流水温情如火，
所以唤名为火溪沟。
它一路寂静行来，
与我们旅程的喧哗恰好相反。

深秋的山林已热情高涨，
向人招摇它们火辣的装束。

还有白色的大公鸡，
也全部站到了沿途的房顶上。

高唱秋天火焰的颂歌。

它们都是白马人的迎宾——
欢迎山外来的飞仙与侠客。

小屋主人

你猫着腰把火烧旺
总不说话。总不说话
窗外，没有起风
你把影子斜过门外
把夕阳端进里屋

翻晒农事的打谷机
在屋檐一角，侧过身
挂了三两片秋叶

你把昨天从旱烟袋里掏出来
仿佛牵着儿子
年少时代
一起走过广州天河街

嘴角的胡须
像一把秋后的老韭菜
挂在眼眸里的家书
沿着村落邮递过来

父亲的农家小院
每年
都要举行一次蛙声比赛
笼里鸡鸭也跟着唱和
父亲悠然地
喝一壶自酿的米酒
外加一小碟花生米
就此终老一生

天黑过了
屋里也不见点灯

家书里经常提起
为了省电

父亲的眼镜

父亲的眼镜
摆放在桌面上
每天用一块丝绸缎子
擦了又擦。然后哈一口气
像是要擦亮一些
记忆的碎片

有一天，我也仿照父亲的样子
拿起眼镜擦了擦。然后对着镜片
哈了口气。就看到
满城风雨

我看到
父亲当年为了一个女人
离家出走
把背影匆匆翻过几道山林
消失在小城的
封面上

那个女人
后来
就成了俺娘

思故园

同妻子讨论过柴米酱醋油盐
关于家乡，田园的足迹
已所剩无几。流亡的文字

被门前的枣树发出新芽
关于节气与父亲的忌日
考虑今年回还是不回
父亲的骨头已寒
风吹坟茔的苇草
像极父亲弯腰劳作后的叹息

关于母亲的生日
需要寄回多少喜庆
我时常担心
爱有时会成为另一种伤害
吃在嘴里的埋怨
吐出喧嚣与欲望的城市
粮草走散。在大街上
常常让我忘记
自己还是个朴素的农民

这么多年来
我内心孤独
心口总隔着对亲人的疼痛
离乡背井，一无是处
夹在钢筋混凝土的记忆中
等待下一次接纳与开拔
总在夜深人静时
让我陷入时光
温暖的陷阱

去里水

里水河醒了
水乡在柔软的宣纸上铺开
一群人立于码头
细雨落下，喧嚣入涟漪
一河三岸。紫丁香，野百合
秋菊黄，蝴蝶纷飞

我在船头凝神
秋风把河吹弯，水流逆蒹葭
江山多情
我有久治不愈的思乡症
唯见里水，安静地靠着美

路过书香园，往事抚琴
锦书不托，知音来
遇见局外人
学秀才作长揖
见人都彬彬有礼

古村落

坐车入景深。里水依洄
一窗风景，一路跟随。

秋风不读，帘子草绿
万顷园艺，白鹭一掠而起
香水百合
浮白也好，橙黄也好，粉红也好
种花人只招募夫妻

有人把爱慕藏于流水之下
斜阳与波光合影。此刻适合
借乡愁，穿长袍，吟小令
世事一场大梦
我有闲云野鹤之怡情

听种花人俚语家常
恍然不知归途
古村落与旧时光对饮
金溪，夜色更美

纯粹飞翔

我也许真的是那个小孩
不需要那些纷纷成年的人们
我只是花一点时间等待
头顶水痘红帽的另一个孩子
也许他并不存在
他们以为我们不会哭
的确，我们可以不哭
可以不发出声音
让一些纯粹透明的液体流动
没有人知道，每一次坠落
恰恰是一种飞翔的姿态
只有母亲、母亲和母亲
站在某个空荡的站台上
胸前干瘪的乳房
一对洁白的翅膀张开

爱　情

迟到之后
我们将最近的这份报纸打开
闭着眼睛接受信息
什么晒干了到唇边都是甜的

我们的时代

康庄大道的两边
我们所有的母亲
像一只只干扁的茄子

四面是欲望的铜墙铁壁
冰冷的停尸房
闭上的眼睛里还有血丝

如果还有一片菜地
它就叫做荒凉

男人和女人
疾恶如仇的鲜花与视死如归的牛粪
孤独是催人奋进的

不管哪一种农民在田地里辛勤地耕作
养育的都是向前冲的蝗虫
它们走到哪里都顶着一个大大的头

灭鼠器告诉我们这个时代是个时代
平均主义已经在实行计划内的平均
它曾代表着民间的众神与狂欢
如今普遍的忍受已成为最后的计划生育

分　手
　　——合理的想象比一切有深度

很多年以后
想象分手的日子

有人站在夏日的屋顶上
默默梳理父亲的头发
母亲从屋里端出一碗洁净的水

傍晚有人来敲门
妇人以一种温柔而清晰的声音布道
布道人留下的是一枚暗花的扣子

四散的人群夜里晒黑所有的行李
一辈子的家庭生活多少成就一些习惯

夜里清洗的流水不断
清晨摊开微微蜕皮洁白的双手

伊甸园的正午

正午时分
巨大的阳光
没有食欲
色彩斑斓的水果
蛇在盘绕
温柔的日子
寡淡自己的内心
大量的床和被造物
人与花朵并排
互道午安
翩翩起舞
款款喝水

家　族

祖父的全部神态
表明水滋养过什么人
祖母的满腹牢骚
彰显了语言代表了权力

我们清早起床
跟随他们在天井刷牙
顺便喂养一动不动成年的乌龟
我们的父母默默无言

整个早餐
老人们倍感凄凉

失　语

这是一场空洞的旅行
注定两手空空　　毫无收获
两个年老色衰的女人在高谈阔论
我必须小心翼翼绕道后院
看两朵紫色的小花
在草地上悄悄地开放

静止的紫色和悲伤的竖琴笼罩了我
我好像走在一条送葬的路上
步伐沉重
悼念自己的灵魂
一双手在大地腾空
捧起自我的遗像

在异乡的路上
每一个路上的行人都自带墨镜
制造黑暗并向黑暗致敬
在这个白人或黑人的世界
我是失语的黄种人
礼貌和距离一样遥远
任何尝试深入的交谈都是粗鲁的

新英格兰之地
优雅古老的白色房子
楼下接待宾客　　富贵而美丽
我住在楼上一个狭窄的空间
隔壁是厕所是书房　　窗外是树林
我日夜在地板上蜷缩我的身体

细算树木光影和印第安人的命运
终于到达了要离开的日子

离乡偶记

对于我这样短寿的人
人生大概过了一半
我依然在别人的故乡寻找家乡
克服与生俱来的恐惧

遥望当年离家的日子
井边摆放一双破旧的绣花鞋
乡间小路弯曲着父母的杂乱的心
下过雨的泥泞　泥泞着我不均匀的呼吸
有人在林子里费劲地砍树拔草摘花
砍我　拔我　摘我　积累多年的伤口

我日夜在异乡的黑暗里
像鸵鸟一样笨重地奔跑逃逸
偶尔把头埋在泥土里，寻找安息

一路上有逆行背叛的土拨鼠
故作姿态的美丽的喘息
晶莹剔透的鱼或翅膀
白色凝固的大象脱落闪亮的鳞片和巨大的忧郁

少女的手　纤细无力
岩石抚摸青苔　风亲吻溪水
景泰蓝　青花瓷　静静的拥抱

来吧，共赴一场异乡的盛宴
猎人和顽固的狗
披戴麻布孝衣　深情对望

搞不清是一场轻浮的葬礼
还是　重复多次无聊的婚礼

断头台已经架好了
严肃一点，人们正在开会。
现在，请闭上双眼
向全世界道声，妈妈晚安

一旦婚姻沦陷

每个早晨肚子里都有一股风
毫不讲理地绞痛我的肠胃
是因为婚姻的肥胖吗？
虚胖是中医的范畴

一个失去信任的人
狂躁地用失控的语言打我
碎了一地的镜片纷纷向我做鬼脸
席地而卧　生活无比幽默
满嘴黑牙的主教也藏在角落
向混凝土布道　嘿嘿发笑

生殖器有时是个笑话
忽大忽小　毫无秩序
高潮过后　身体内部
是一场海岸的别离

我的残缺
日夜丧钟长鸣　也不饥饿
牛奶豆浆　或是面包稀饭
不可以喂饱我枯朽的胃

西方人的狂傲　东方人的龌龊
男人女人都不好

黑色的糖比咖啡有人情味
窗外的阳光歪歪扭扭　　支离破碎

有人远处在约会
尝试进入爱情或者走向坟墓
主人公每个夜晚梦到自己呕吐
清晨像个低贱的仆人默默收拾残局

语言是生活的猎手
门前的石头长出了青苔
挂在阳台上的铁风铃
一串残破的记忆　　锈迹斑斑
咣当作响　　令人惭愧

梁亚军 的诗

在早上

在早上，看见样子稠密的乌云
从南向北秘密地移动
昨晚天气预报说：阴有小雨
雨，落下来吧
我这样说时，父亲正准备着出门
一把大锤，立在墙根
它在外面度过了漆黑的一夜
它听见漆黑的夜里他翻身的声音
哦，万物都有秘密，叮叮当当的声响
说明他在梦里也没有停下来敲击
取不出来的疼痛被关在身体里
整个晚上，都回应着外面的天气

葬 礼

母亲一早就出去了，时间是在六点半
我们因共同拥有这个早上，该感谢谁呢？
母亲出去，是要参加一个葬礼
逝者，是我陌生是她熟悉的老人
因老而死，因多年的失明而死
因为死，这也是阴阳相隔的早上
一个活在看不见的黑暗里的老人
她选择在清晨的光明中死去，我们该埋怨谁呢？
一个葬礼，是不是说
人世在这个早上又有了新的转折
在六月，树木青翠，鸟鸣声青翠
我们看到的悲悯青翠欲滴
仿佛看不见的轮回又一次抓紧了我们
生和死，也都得到了安顿和去处

落　泪

他想到刚来到这个世界上
没有来由地哭泣
他想到十岁时
对着死去的父亲落泪
他想到自己三十四岁了
正接近父亲死时的年龄
他为想到人的必死性
想到死对生的否定
与再否定，而落泪

燕　子

看见燕子，又一年春天来了
上了年纪的树根婆，跪在庙里的菩萨前
祈求着：一家人丁兴旺，六畜兴旺
在早上，她又一次把饭粒撒在了院子里
燕子呢喃的叫声，也像地上的饭粒
在日光下闪着光，有着一种无名的善

雪

八十八岁，当一个人欲望消尽的时候
我们觉得她终于可以死了
冬天的雪花也来为她送葬
下了一夜的雪，覆盖着她低矮的坟头
再也没有人在早晨口念着：阿弥陀佛
再也没有痛苦，再也没有留下来的障碍
下了一夜的雪，像庙里的菩萨映照着村庄

有时候

有时候，我用身体来爱你
就像这个寒冷的早上
我小口啜饮着一杯滚烫的开水
也感到了一种类似于身体的安慰
有时候，我用灵魂之爱
在取消着你的身体
仿佛你就是一团空气
从来就没有一个可以抚摸的身体
空无，纯粹
梅、婷或者静
有时候，我通过给你命名来说出你
有时候，在人群中
你又是没有名字的那一个
当我想把你具体下来的时候
我其实是想说我通过爱你来爱这个世界
而在某一个瞬间
当我终于消除干净对你的欲望
我也感到
你没有了重新做人的念想

给女儿

春天来了，万物都在重生
视天地为父母
我不知道，为什么你就成了我的女儿
像桃花说开就开在了春风里
开在我的面前
我记得是在医院，病房朝南的窗户边
晨风清凉，天空虚无而苍茫
刚刚升起的太阳，还在隐匿着光芒
我感觉它，正是模仿了你的模样
来自黑暗，但带着光亮

在光中，我几乎不能确定你有一个身体
但黑暗爱上了光亮，我多么喜欢看着你
一个笨拙的父亲，还不知道怎样来爱你
我记得我度过了难忘的一天和一夜
我记得在又一个早上
你新鲜的哭声，终于给我
带来了你花朵般鲜嫩的身体
而我也听到一个声音在说：
领受吧，孩子
你将得到一个父亲才有的荣耀
并会爱上潮湿的尿布和自己的身份

弹琴的少年

他的琴声落在周围的静物上
桌椅　书本　墙上的装饰物
他的琴声覆盖过更多的事物：
声音划过空气的痕迹
手指停留又离开的地方
心脏在胸腔里的回响
他的琴声浮荡，空虚与具体交织
纠缠。他低下头，尘埃也一起安静
主啊，世界一定会原谅一个少年的堕落
邪恶，以及
他的侧颜

写诗的女人

男人推开厕所门
看了一眼洗手台上的塑料玫瑰
虚假的事物有一种粗暴的美
相较起来，旁边那个一动不动的女人
更像是假的
两个小时前，她也在那里
小饭馆的便池，浑浊的气味，宽衣解带的人
都被她遗忘
世界被她遗忘
她盯着不存在的事物
偶尔在纸上，写写画画
男人不经意地看了看，她面前的那张废纸
没有一个字能表明，她写下了什么
他长时间擦手，把那支玫瑰摆正
直到

他看到女人的脖子微微动了动，似乎在等待他
离开

小　雪

过路人脚上沾着露水，草屑
他抬头，驻足
人间尚在被单下蠕动
黑夜在身后，一点点地散失
要过一会儿，马路才会喧嚣起来

阳光在栾树的叶子上跌落
清晨的第一缕阳光
今日禁食，礼拜日素食
需要清空身体，需要
去接近，裸露的
完全裸露的，事物

过路人走着，走在自己的无限里
阳光继续跌落，身体无以承接
低头，合掌
这光，这光将冥思者与万物
再一次，再一次弥合

疑　惑

你斜靠在床头
小口小口喝着粥
你每次一张口
我也会张一下口
我举着调羹的手随之抬起
这个动作让我想起
小时候，母亲喂我吃药

她小心翼翼地盯着我的嘴
她不关心世界
我抿一下嘴
她也会抿一下嘴
那时候我还小
没有为此
感到疑惑

信　仰

有些瞬间我想
孩子，那个遗憾也许我是能承受的
那个关于生命的遗憾
只要你的小拳，轻轻一握，只要你，张开双臂
只要你叫一声，妈妈
我准备好了随时去哪儿，去那些地方
不再回来，或者，哪儿也不去
我不再是任何谁，人世间的一切都显得虚无
只有你的呼吸，浮现
穿过你的那些，穿过我

加　持

那秃秃的铅笔因为是你用过的，我觉得可爱
那橡皮擦上有你的口水
那皱巴巴的纸被你的小手掌抚过
所有的小衣服因为被你穿过已不再只是衣服
小鞋子摆放在门口，是美好的静物
我置身于这些光中
一次次质疑你，否定你
都抵消不了我一次次，涌向你
你有两个妈妈，一个动用身体
一个动用上帝

屠

牛肉是卤好的
和一只哞哞叫的牛没关系
鸡肉是冷冻的，和一只慢慢成长的小鸡
没关系，鱼是活的
杀鱼的老板动作娴熟，鱼儿被重重地摔在地上
晕了过去，在菜场和厨房之间
一个人携带着食物的鲜香，来回飘荡
她买了一把葱，一块豆腐
提着完美的菜篮离开，她看见了
一只小白兔，雪白雪白的，小兔子
睡在笼子里
小白兔，你为什么会出现在
菜市场里？

进 化

公众号每天都在推送各种生活的武装
朋友圈每天都在转发深度好文
这些信息都是有用的
无用的
是你自己

在人类的进化史上，你是一只低头看手机的物种

千万年后
未来人研究你变形的颈椎
和奇怪的脑回路
把那个叫手机的物品
命名为"无用人接收信息的工具"

练 习

她把方形积木
放在底下
把长条形竖起来
再加上半圆
或者三角形
这样一座房子就盖好了
每加一块砖
她都会一边尖叫着
棒，棒，棒
一边给自己鼓掌
我们也会
跟着使劲鼓掌
仿佛这也是游戏的
一部分

夜里，我一个人回家

进了巷子
树就多一些
黑色又深一层
我听见沙沙
响的声音
不断从身上传出
那是
衣服在互相摩擦

平　衡

外面是热闹的街道
小区里很安静
悠闲的行人
停泊的车
干净的衣服
随风摇摆
院里有张桌子
我看中了
却不能动它

雪落在大地上

有时是黑夜在上升
有时是雪在下
一些美正作用于黑暗之中
一枚一枚雪花
有时落在地上
有时落在树梢
仿佛一些灌木仰头赞美另一些灌木
这细密的私语
抚摸着一棵莴苣的碧绿和柔软时
也将一些树梢
折断了翅膀，带着风声和轻微的
骨骼的碎响
雪花一枚又一枚
不断往下落呀
落满幕阜山脉
它将在我的屋顶上行走
这寒凉的世界开始变暖

在南山

她将色彩
甚至山崖边的树
都缓慢地弯曲
这固有的，向下的引力
照耀着低矮处的苔藓和荆棘
来自地下的黑暗
逐渐替换阳光
仿佛星空下独自行走的那个人
她张开翅膀
蓝天的蓝，又新了一次

旧衣服

它体验过折叠
又被打开
这让它拥有了空间和温度
旧式的优雅
像火焰般熄灭
它所能记起的
是一些盛开的面孔
宽大的洞穴
这老旧的樟木箱子
改变了事物折射的光线
和一对新人
最初的喜悦
时间，散发出丝质的光泽
而对于它来说
当秘密被说出的那一天
将随即消失

消　息

秋风带来秋天的消息
叶子枯萎，候鸟远去
有人放逐山林，踪迹全无
有人寻遍世界
归来仍两手空空

雾霾带来病痛的消息
邮件带来远征的消息
酒带来离别的消息

但这一切，都不能
让你的人生更加丰富
你依旧如此脆弱
一个电话就能将你击倒

那些数不清道不明的
从电视、网络传来
从报纸、杂志传来

从他人口中传来
从乌鸦的聒噪里传来

从字里行间的隐蔽处传来
可你读不懂其间的深意
正如你读不懂十月的天空
为什么突然下雪

四月，一个下雨的黄昏

风拂过桌上的书页
带着泥土和草的气味

窗外，撑着黑色雨伞的行人
步履匆匆。一瓣桃花
正悄悄落在他肩上

在黄昏的静寂之中
书页被翻动，铅笔
划过纸面，一支烛火
在窗纱下轻盈地舞蹈：它们的声音
仿佛被放大了万倍
多年以后依然真切

那是四月，在某个南方乡村
菜花簇拥，麦地泛起微澜
燕子归巢，劳作的人们都已回家
只有你，撑着黑色雨伞，你走在
旧时的田埂上

你不再是蝴蝶和蜜蜂的王
你成为异乡人
你听不懂起伏的蛙声：
它们被什么惊断
为什么又再次奏响

在你走过那树桃花时
你没有留意到花瓣落在了肩上
你没有留意到，不远的房子里
窗下写字的少年
抬头看见了你

十月的北方田野

现在我们还能看见绿色
尽管植物们已显出疲态

那些玉米将会被收割，被运走
被剥去枯瘦的外衣
被挂在屋檐下
此后的日子终于让人心安

绿浪平息
出没风波里的人们也不见
平原如此寂寥
成全一场麻雀的合唱

然后整个北方只剩黄土
一年将尽
你不能阻止自己变老
内心越来越空

原　地

当你离开某个地方
并在离开前
看它最后一眼
最后的时过境迁
只是你的想象
你所见过的人和经历的事
一直还在原地

当你扔掉什么东西
比如将一杯水
泼在地上
你看到的只是：水
它蒸发，或者渗入泥土
那只是你的想象
凋零是你的想象
芬芳还留在原地
午夜冷清是你的想象

喧嚣还留在原地
有一天你老了
那个年轻的你
也一直留在原地

一棵树

在盛夏的
平原上
没有什么
比一棵树
更让人感到亲切
这棵树枝叶繁茂，直插云霄
孤立得让人眩目
在那个炎夏的正午
你不知从何处赶来
你擦了一把
脸上的汗水
缓缓地坐在树下
仿佛有一阵风
就突然
吹了过来

别处的意义

我在这里，别的一处
陌生的城并不能给我带来
新鲜和快感。还是鳞次栉比的
建筑，如哈利法塔
除了伸向空中828米之外
没有多少意义。现代代步工具把
高架桥堵住，宛如阴暗墙面上的
青苔密密麻麻。我跑得太快
跑得太累。（我的身体里
有弹簧芯片）坐在树荫底下
长木椅上，我抬头能望见树叶
一小块蓝天。经过的他们
我不认识，当然他们也
不屑理睬我。如同我在往日里
忽略飘落在水面上的柳絮，看似
平静而风来过

每天我都在失去某个东西

每天我都在失去某个东西
散落在花坛里的水珠，挂在
树梢上的风筝。园中茶花
盛开的时候，我在私人诊所打点滴
多日的胃疼让我整夜难眠，哎呦呦
身体就像被钉子扎了一个眼孔的轮胎
慢慢漏气。女护士如同修理工
拿着一把铁锤，这里敲敲，那里
磕磕。贴一服膏药吞几粒白药丸
顺着肠胃而下。当疼痛渐渐散去

天已蒙蒙亮，我刮了一下胡子
顺路送孩子去上学

裂

我们不说话，出租车光头师傅
一直往前开。我的左边是他
右边是他。他们就是两个
有呼吸的某物。广播里：
抑郁症患者呈裂变式增长
仿佛一万个气球
在空中同时爆炸
我感觉那里面就有一个我
（再来一次崩裂也未尝不可）
在361路口
右边的他起身下去。多余的
位置方便我望着车窗外
那些路人如同按了遥控器上
后退键一样后退

今天已是一块闲置地

因为想不起，所以我有一块
面包。它将在我的胃里度过
在面包里面，我孤独如铁块
冰凉。我不知何时疲惫和没劲会到来
撕开。那上面的葡萄干，有时
一只蚂蚁会搬走散落的渣子
或者，寂静在我的周围盘旋
黑鸟已开始飞走。在酒瓶里
摇头晃脑。我所熟悉的今天
已是一块闲置地。而猫
在夜晚时候走过

中年之花

紫荆花开，我们在其中
自拍，定格
绽放。就像
嵌刻在相框里过了
保质期的青春。操场东南角上
大枫树依然茂盛，课间休息时
我们围着它追逐嬉戏。湖面
还是没有涟漪，静静地如同
这些年。等我们再到这里走走
看看，已是中年之花。倾诉需要
烟雾和酒杯作陪。小惠和小光从
一个围城进入一个围城，小东去了
车来车往的地方。此时我们是那
逐渐发黄的树叶，不知还有
多久，不知还能有多久？就会离开
树梢，在空中完成几次旋转
飘。那即将坠入花丛里的纸飞机

湖心岛

可想而知，湖心岛
四面环水。我在岛上
仿佛是一件丢失的
道具。树林茂密，有
不知名的鸟声。我在等待
路过的船只带我离开
等我上岸后，走在无限大的
岛上，活在《楚门的世界》里
网格化的小区
纸片的房子，我们和你们
近似于蛋清在蛋壳里

杜鹃还是布谷

"咕，咕啊，咕！"
在树顶，它用一声接一声地叫
截住支教老师返城的路。

陌生的鸟，吐纳巨大嗉囊
说无限悲苦。
他停下脚踏车，呆望一小时

天空又高又远，时间忽快忽慢
他在风中一直攥着拳头，几乎要
替它咯出血来

"大包鼓得快爆炸了！"当他
作为年迈的父亲向我转述时
已过40年

但他仍不明白那只鸟为什么
只冲着他叫：
那时，生活碎屑刚被扫除

病痛还遥遥无期。
作为客居湖北的广东人，他甚至不知道
它是杜鹃还是布谷

药丸录

爬上桌，再踮起脚，才能够着柜顶：
褐色玻璃瓶，有的没开封，有的

所剩无几。旋开瓶盖，抠出几颗
舌尖轻舔，用力吸吮，以判断该不该
一口咬下去。

带有"肝"字的，苦，吐掉
带有"肾"字的，涩，吐掉
甘草，腥咸，吐掉
黄安，银翘，光滑的糖衣里
是遮住窗棂的，世界的昏厥。

一次次，脚步由远而近
我囫囵吞下过众多药丸
也曾将整个瓶子扔到床底。
为逃开那病人的责打，我从
高高的桌上一跃而下就此消失

而40年后，乘法口诀还没失效
持怀疑论的颗粒们激射如弹，以齿尖
灼热，驱散周身寒冷。
酵母片从未远离，它带有父亲那
百感交集的糯香。

顶开雨阵，阳光耀眼

大雨滂沱，把全世界
都下暗了
而飞机不为所动
它带着我们攀升，攀升
直到"咯噔"
一声，我们一起静止：
在密集的雨云上
阳光从未被收走
它普照众生
让天空那么庄严

后半夜

清洁工人的笤帚和拖车远去了
冬天重新从地底下长出来

车的水，马的龙都淡了，
全沙市的人都在做梦

中山公园后门的灯光，明显
带着宿醉的惺忪

一片高锰酸钾颗粒丢进
江津湖，它正在溶解

慌张得像刚散场的戏台
亲爱的，世界在慢慢关闭

只把杭州作荆州

在一场盛大的灯光秀之后守文说
其实钱江两岸和松江两岸没什么区别
刘涛说是啊，江南大道还不如江南高速
我说，之江路像极了塔桥路，古翠路就是碧波路。
我们认定，望江路相当于园林北路的银杏一条街
体育场路就是我们的明珠大道。
随后，我们用江津路衡量庆春路，用屈原路修饰秋涛路
用荆沙大道推敲莫干山路，用八岭山形容梅家坞。
果然，杭州也有中山公园和中山路
解放路、学院路，你有我有全都有
那么让我们再亮亮底牌：
你有你的文一路、文二路、文三路，我有我的
崇文街、凤台坊、太岳路
你有雷峰塔，我有万寿园
你有秋瑾墓，我有铁女寺
你有武松墓，我有熊家冢

你有章太炎故居，我有张居正故里
你有钱塘江和大运河，我有荆江荆襄河
你有西湖，我有江津湖
你有西溪湿地，我有江洲天鹅洲
你有吴越三代五帝和南宋定都
我有20代楚王坐镇四百年。
说着说着我们就回到了30年前的高中
三名老友：一个移居三年的新杭州人
和两个短暂旅居的荆州人
共同发力，将杭州尽纳囊中
并愿意，将它的陌生统统抹掉。
兄弟，愿你早日习惯没有豆豉酱的生活，愿你
快一些把杭州消化成故乡。

白云在忘物语

伸展手臂，踢出腿
叉腰，起踵，滑步
"一朵白云飘过来……"
她踏着音乐变成忘我的白云
忘了自己是在舞台下面
忘了头上红红绿绿的同伴也在跳
她这么标准，近乎凛然：
小脸绷着庄严，肥大的
一年级校服没能拖垮她
躲在"大桥味精"围裙里的母亲
不敢看她。
她长得那么好看
尤其让我心酸

她说，松滋

多么神奇
"松滋"这两个字

从她嘴里说出来
就开始闪光了
带着背景音乐了
她亲爱的气息
环绕着，松滋
一下子成了她的
我也成了她的

祖父记事

种青菜
又一棵棵把它们从地里拔起
晒烟叶
摊开辣椒
屋顶黄一阵红一阵
拉开枪栓
一枪打在树枝上
另一枪打到天空
子弹追着敌人跑了60多年
也没有落下

要是下一场雪就好了
他蹲在地头
捡起刚被挖出的红薯
几只鸟儿围着地那头的火觅食
生于1900年
一生没见过雪的祖父
去世时一阵来自北方的雪赶来
为他送行
家山白一阵绿一阵
连那棵树荫浓密的黄皮树下
也埋了半尺厚的雪
三天后它们渐渐融化
连同祖父一起消失
三十年了也没再见回来

墅中三日

电话待在桌子上，一个下午没有响起
烧水壶在桌子的另一头，壶里的水凉了，阳光也暗了下去
空杯子一共两个，它们紧紧地挨着，没有人前来喝水。
笔记本上记着两个字：空，远，不知所以。
遥控器上有谁的指纹，应该是十多天前的了，电视机一阵死灰
空调使劲地沉默，天气还好，往下就凉了
路标指向大海，道路却一阵荒芜
风像野豹穿过别墅区，老鼠则穿过草丛。野草枯黄，快到冬天了
我躲在布帘后面，一缕光线透进来，把我钉在地板上
整个下午，窗帘不曾抖动，背后的床朝向窗口，被子
保持原来的形状，鞋子靠在门后墙边，有一只倾倒
我穿着拖鞋，偶尔在屋里走动，却长时间沉默
听着水龙头滴水的声音，感觉世界好远。
世界，在这个别墅区外面，在马路的对面
在一阵一阵汽车的呼啸里，在大海时刻不停息的晃动里
我在这里，52个小时，每分每秒都呼吸着寂静
也仿佛看见花开，叶落。听见有人踩着落叶，在心里
世界真的远了，天空很空，只有一堆堆的
云彩。一动也不动

被虫蛀的秋天

满树腐烂的果子，满树的
疼痛，一直忍着

风摘掉腐烂的一颗
又摘掉腐烂的另一颗

是腐烂让果子掉下来
不是风

神

我遇到了一个大个子
一米九五的样子
在几步开外
脸上挂着腼腆的表情
他走路有神的样子
先迈左脚，右脚慢一点
才会跟上
掏口袋
半天摸出的是
真龙香烟
有那么一会儿
我想把他折叠起来
带回家去
神在什么时候
总还有点什么用

风　筝

我所有的愿望似乎都能实现了：
牵着一只鸟飞
顺着风
去到很远的地方

有些树枝

比如
这是
她戴耳机听的
在中午小憩半小时
之后的
慢慢醒来
在两边灌木和
香樟树
每天的熟悉几次
慢慢。又一次
占驻的内心
有十五年以上的
慢慢走过来
恬静
茂密。细密。亲密的感觉
有些树枝像
纠缠的手臂

现在，那个白色的

现在
那个白色的
哦不
无色。透明的酒瓶
和酒一起的
看上去好看的
这么说就喝去一瓶
很好看的
酒在里面的在

酒的里面
看到（见）什么
他们坐在那里
笑起来
其实平时不觉得好笑的
现在笑起来
仍然是透明的
好看的
她看到的。他们
也都那样的

蓝色桶子

蓝色。
桶子里的水
着急的
垂直距离
她在水平的
所以是平缓的
这一平面。差大约
1mm
恍惚的边缘
笨。重那样
所以看不见
在另一面
有时间。爬不上来
停在。
桶子里面的。水

树　林

怎么说呢。
这么说吧。（你让他

抽一支烟）
每次坐下来
慢慢
坐下来。包括这次
在夜晚
远远地。坐下来
在林间。透过。灯（光）
的安静
每个晚上。入睡前
她喜欢。去那里坐下来的
树林。表示她
喜欢的树林

是你望着

是你。望着
有希望的那样子
下起来
小雨。有天
阴的感觉
事实上也是
阴。暗的空间（隙）
或稍宽
一点
嗯，其实和
空间没什么关系
是小雨。
就是很小
有。想和人
喝酒的感觉
是。喝酒。
坐在那里
就是一小点
一小点

慢慢。慢慢地喝
一壶酒。在那里
这样的感觉
大概
立秋以后的感。觉

秋。分

朱红的漆的亭子
坐在那里
很久了吧
她别过身往
更高的上山的路
望过去
幸亏
小树林里
刮的是秋分的风
时间傍
晚17：24
太阳照山那一边
房子的墙上
所以她没
感觉凉或冷什么的

这是表示在

这
是
表示。在
像感觉自己
喜欢
喜悦的
像两个

原本尖的什么
吻
合
也许就是给你的
一定是什么推动的
打动
就像你说很多话的
那么多
本质向外向上
上升的
也并列
表示愿意。容纳
感觉是不是有一个
热情的
温暖
轻盈的内心
这
是给你的一个早晨

打鼓者

打鼓者
总在你昏昏入睡时
敲响鼓声
咚咚咚，咚咚咚，咚咚咚
又在你侧耳倾听时
突然终止

在寂静处
你听见内心的大鼓
被他继续敲打
咚咚咚，咚咚咚咚咚咚咚
仿佛他生来
就是为了填补尘世遗失的
那些声音

那些对抗的声音
那些激越的声音
那些呐喊和愤怒的声音
那些无声的声音

消失的人

消失的人
有人收藏她的相片
有人收藏她的衣服、书和信件
有人收藏她的记忆
收藏她的梦
但所有收藏她的人，聚在一起
也拼凑不出一个完整的人

她在人世
就像一张撕碎了的
随风飘散的
纸的碎片

蝴　蝶

一只白蝴蝶，从路旁的林子里飞出来
车头迎面撞上

山谷的雪尚未消融，它以什么活着
又如何穿越漫长、寒冷的冬天

她来自山谷，还是来自记忆里？
去年秋天遇见的那只？

她又小又白。在车子前方，拍打翅膀
忘我地忽高忽低

我不禁怀疑所见的真实性
整个出差之夜，弥漫着白色的悲伤

燃烧吧

燃烧吧！像落日余晖
燃烧天际与河流
燃烧每一条街道，每一所房子
燃烧地平线上
最后一缕亮光那样
燃烧剩下的日子
燃烧吧！再也没有什么
令我们恐惧
令我们悲伤和绝望

穿过星星的思念，已抵达长安
穿过黑暗的梦境，我看到
这样的早晨：
鲜花摆满的餐桌上
有我带来的露水
但燃烧吧！和露水、骨头
一起燃烧吧
燃烧在每一行
因疼痛而写下的诗句中
每一张空白的纸上
每一句尚未说出的话里
直到死，直到灰烬，在这尘世
也燃烧干净

伐木者

伐木者，终其一生
关注着斧头的锋利
伐木者一斧劈下去
知道树的年轮
知道什么鸟儿，在树杈上安家
知道树，是谁种的
知道树荫下坐着的一对小情人
如今成了仇人和冤家
伐木者拄着斧头
他知道哪一年的大雪
折断树的枝桠
斧头在空中挥舞
时光仿佛被砍成一个洞口
伐木者以斧为命
以命斫命
斧斤丁丁
声声断命

要有光

要有光，要起早贪黑的母亲看得见路
要有光，要深陷冬日的姐姐有一个春天

要有光，要决绝的日子在风中回头
要它看见，悬崖上的野花
装着星星，也装着露水
要它看见，黑暗中的灵魂
也有翅膀和梦想

要有光啊，要影子找到我们
要我们找到对方

在秋天的深处

我看见灯笼般的柿子挂在风中
我看见无人的山坡布满落叶
我看见河水变浅裸露出黑色的礁石
天空变高大雁飞了过来
我看见有人坐在河边哭泣
有人会走过去拍拍他的肩膀
我看见一盏灯灭了
一颗星就会在黑暗中被点亮
我看见沉默的人们，都像秋风一样
爱着这个世界

没有谁是无辜的

你的出生占用了另一个孩子的生育名额。
你的情欲挟持了另一个人的青春、姻缘和更远的去路。

你的成功从别人脚下开拓了道路。
你的平庸将前面的人又抬高一寸。

你的一个脚印毁了一群蚂蚁的家园。
你的一单食谱决定了一些生灵的死活。

你挽救了一只鸟它却吃掉了更多的昆虫。
你把蝴蝶做成标本使你的孩子认识了美。

你执着，却从未抓住自己的命运。
你消隐，你的每一刻都在变形和偏移。

没有谁是孤单的。没有谁是不重要的。
因为你，世界成为另外一副样子。

没有一个人是无辜的。他手中的武器可能是爱的暴力之花。
你的沉默也使你的良善蒙上一层罪责。

一只鸽子

有一次在田间的地头，
我发现一只鸽子的骨架。

其中一根腿骨上，
完好地套着一只红色脚环，
上面
盖印着两排字母和数字的编码。

它显然已经死去很久了。
而它的羽毛依然较为完整地
覆盖在骨头上、泥土上，
仿佛依然在飞翔。

在追赶那远去的鸽群。
用一个未完成任务的落伍者、
失败者的样子。

我把那段腿骨轻轻掰断，
把脚环取了下来。
——好吧，小家伙，现在
你可以重新做一只鸽子了。

如我写下每一个字

在荒野上栽下一排排树，为了阻挡风。
但我们还是服从了它。我们不能建造一面墙。
风穿过树和树的空隙，越过树梢，
继续奔向远方。
我们把树种在沙土里，其实
是为了守住这片沙土，为了阻挡风沙。
而当树们摇动的时候，我们看见
风就活在这片树林中。

峥　嵘

暴雨之后，漫过的积水没过了脚踝，
我们已辨认不出前面的路
哪里是平坦的，哪里有石头，或者一片深坑。
只有水是公平的。
如果水流再汹涌一些，我们也会变得看不见了。
连一座村庄也可以被抚平。

高出地面的，同样
也将低于尘土。
有一年家族里迁坟，
我们从挖开的墓里，从土里拾起的
先人们的遗骨，都是一样的。
一样的，没有名字，没有占用数十年的，
他们各自的一生。
但我相信一切并没有消失。
就像那些水下的事物，那些不同的凹陷和棱角，
也使水保持了一种
和它们对应的峥嵘。

后来的事

想起故乡，总是想起秋天
剥掉皮的玉米棒子
晾晒在高高矮矮的屋顶上
将村庄护在一片明亮的金黄之中

每天的阳光有足够的耐心
为人们布置好了后来的事
——等冬天，彻底闲下来，它们干了
再在院里，在屋里
慢慢搓下它们的籽粒

岁月藏着足够的耐心
一座童年的村庄
早为一个远行的人准备好了一生的事

辨 认

握起那些木刨和锯子时我总想起父亲
在刨花纷飞中劳动的身影，
我从我的身上找到了他年轻时的样子。

我也从他的脸上辨认出我的老年。
从几件旧家具中，
我辨认出更多人的面容。
那些陈年的旧物中，
藏着我们经过的纹路，和方向。

在村庄里，从那些后生们的
五官、嗓音和身形中，
我可以辨认出他们的家族和谱系。
世事变幻，总有什么在暗中蔓延。
一切都这么熟悉——
哪里都有麦穗、树木、泥土、母亲和孩子……
越来越留恋故乡的时候，
我已辨认不出故乡在哪里。

迁坟记

烧完最后一张纸钱，磕完头，
挖掘机最先挖开的
是离我们年代最近的坟头，是我们的父辈、祖父。
经过数十年地底的岁月，这些棺木有不同程度的腐损，
有的已经坍塌，但里面的骨头
基本保持得还比较完整。
我和堂哥俯下身子，小心地把浮土扒开，
再把一层层寿衣翻开，依次露出了槐树叔夫妇
两具完好的骨架。从他们覆盖着黑发的头盖骨上，
我依稀看见他们二十年前的面容。
那时的槐树叔，正是如今堂哥的年纪，此刻
他们不像父子，更像是一对兄弟。
我的堂哥噙着泪和我一起
把这些骨头分拣到不同的盒子里。后来我们发现
这项工作越来越难做了。
依照从后到先的顺序，我们逐渐打开了更久远的坟墓，

那些棺木腐朽得越来越严重，我们不得不
从墓土里慢慢翻找他们散落各处的骨头，
尽量拼凑出他们的一生。但已经无法凑齐了。
我们同样无法分辨出
这些骨头和骨头之间有怎样的区别，
它们曾使用着怎样的姓名，占据着怎样一段光阴。
……只是一些骨头而已，就像从轰鸣的机器上
废弃掉的零件和螺丝。
为了不至于混淆，我们每装好一个盒子，
就按之前墓葬的顺序把他们放在一旁排列好，
最后也要依照同样的顺序帮他们在新家落户。
能做的只有这么多了。我们必须组织，也要保护好
这样的一条通道，在更庞大的秩序面前，
我们需要一份地图来确认自己。

踯 躅

羊从草地上抬起头
看你的眼神
是一种神谕；你走过河边，找不到安歇之所
羊继续
低头啃草，像是要消除某些行迹
"喂，你好，山羊"
你说。你与一只羊是不同的
此去经年
你没有良善和热爱，供人怀念
你有
破碎的河山
还没有收拾；有死亡的爱情，没来得及埋葬
你坐下来
轻于光线中的浮尘

杭白菊

这是一种饮品
前不久朋友送给我
说可以清心，能利肺
我曾在杭州看见过它们
在低矮的山地
开出大片大片的白
现在它枯萎得有些泛黄
被我放进杯里
开水冲进去
它开始鲜活

一点一点白起来
我能嗅到它柔软的香气
像过往的岁月
若有若无
我没有很快地喝掉它
我喜欢看
它泡胀的身躯
静静漂浮在水中
的样子

滴　答

我曾在秋天的早晨听见露珠
从一片草叶到另一片草叶
的滴落。它们比老墙上挂钟的滴答声
来得更为迟缓
那时候，天一黑下来，我就入睡
那时候我还没学会失眠
不像现在，浴室的水管锈了
滴滴答答的水声
在安静的夜里，变得越来越急促

果坠于林

我把内心的仇恨
说给你听。它们已不是仇恨
穿过河岸起伏的苇草，前面开阔处
是一片安静的树林
你低头提着长裙
我牵着你的手，向它走去
你说听，林子里
有果子落地的声音

桌上的苹果

我在桌子中央
桌子上没有别的
除了我
和一把锃亮的小刀
它处于桌子的边缘
与我们没有关系
我们静止着
没有丝毫的关系
还有他
坐在桌子正面的一把椅子上
打盹或沉思
我注视着他托在腮下的手
在我腐烂之前
它会不会动起来
伸向那把刀呢
此时是正午
阳光从窗户斜打过来
正好窥见我们三者
的关系

北京时间二十一点

此时
窗外漆黑
仿佛万物都已沉睡
紫砂盆里
几尾红斑马
在白天
急速穿梭
北京时间二十一点
我打开阳台的顶灯
我想看看

它们在黑暗中
是不是
安静了下来

午　夜

朱丽娅拉开窗帘
她要让远方的星光来到屋里
落在她的梳妆台上
朱丽娅站在窗前
她不只是拉开了窗帘
她还推开了一扇窗，让晚风
撩动她的长发
过不了多久
朱丽娅就要去睡了
她想起那个做了很久的梦
还没有做完

西湖大道10号楼

在此之前
阳台对面那户人家
住着什么样的人
我没有在意
我是说我真的没有在意
就在刚才
我鬼使神差
竟向那边多瞟了几眼
一只黑色的胸罩和一件
粉红内衣
悬挂在铝合金晾杆上
微风中轻晃
我想起那年春天

小薇站在童年的红树林
向我招手

蚊子的春天

悄无声息的爱情
正在发生

手指从光滑的后背
滑到了前胸

小黄花哎呀了一声
火车就来了

火车轰隆隆从鼻尖上开过
两只鸟儿对火车顶上的白烟

抱着了解的态度
只跟随着，飞了一会儿

蚊子的理想

我想打造一辆火车
装上漂亮的衣服
一个人悄悄开着去月亮
让那个人
永远也看不见我
也找不到我

担　心

九楼办公室里的窗台上
有一种叫不出名字的植物

慢慢长出细藤
最开始沿着墙壁向上
我担心太长了
沿着花盆盘了一圈
它真的长得太快了
我盘了三次就放弃了
它现在沿着墙壁往下长
它毛茸茸细尖头
一副顽强的样子
一副可爱的样子
它的头已经延伸到8楼下面去了
只要一有风吹
它就晃来晃去
万一有台风怎么办
万一它一直长怎么办
万一我不浇水，营养不够怎么办
万一有一天阿姨
把它搬走丢了怎么办

秋　天

稻子熟了以后为什么就是金灿灿的
鬼知道，春天以及夏天
田野对它们干了些什么
如果我想你了，我什么都不干
只想把心爱的灰鸽子带到
凉风习习的葡萄架下

蚊子的爷爷

熬不过去，他就在自家的床架上上吊了
一到春天，他新长出来的身体
就会贴着泥土

来到我们中间
我猜，他也是为了有所表示
事先想了一想
才决定开出一两朵小黄花

奏鸣曲

还有什么比脚下轰鸣的人间
更值得赞美

年轻甲虫拒绝友好的拥抱
光辉的粮食在未成熟之前反对着叶子变甜

我们在餐桌上跪着
瞥见灰尘缝制的身体漏出细雨与光

年轻人，把草驴一样的胃
交给抱怨的妈妈，转身就跑出去加入了盛大的合唱

来　临

是蜜蜂的眼睛说服了耳朵
才葬身去花海的路上

是蝉的耳朵说服了嘴巴
才猛烈地反对湿热的夏天，直至只剩空壳

夏天，以及夏天前面的春天
都已经离去了

我双眼清澈，可什么也看不见
我的耳朵呢？去了哪里

活着的人们不需要被说服
嘴巴吃东西去了，它丑陋地蹲在房间某角落

现在是秋天，前面一片漆黑
我要动身了，我就要回去

燃　烧

我承认我还不了解生命
在我们扁平的生活里，除了彼此攫取
就是彼此燃烧。
新雨击打着昏聩的头颅
青草像一片疑窦丛生的猜忌
越铺越开
此外，我们与桥头那对在夕阳中
偷欢的野狗还有什么不同

有谁能拉我们一把呢
漫天大雪，彼此的燃烧还在继续
我们在攫取中越陷越深，甚至已经忘记了彼此的面孔
天地白了
再也藏不住了
肉体像一只竹编的筛子，漏了
而灵魂已经老了，旧了
紧紧攥着一具形骸，如果还能称之为生命的话
那形骸是肉体，也是风干的果子和颓败的花朵
它紧紧攥着
不放

铁　匠

乌尔是个忧伤的小妞
我不能去爱她

勇敢的小伙子们
你们快去
用你们的青春、热情
去爱她的脚踝、长腿
去爱她的
缺点与美丽

乌尔生活的
小镇，我也喜欢
作为一个笨手笨脚的铁匠
被人央求
为新到的柠檬
写一个使用说明
这世上
就没有什么
值得让人
忧虑
与悲观

不打兵器
天下就太平了
不打兵器
我也就能住下来
吃着酒
抽着烟
看着小镇里的夏天
慢慢来临
看着乌尔的肚子
隆起来

蝴　蝶

她在屋里
一个人得意地笑

因为她接吻了
春天差点容不下
她身体里的炸裂
如果变成花朵上
那只蝴蝶就好了
飞过去
再飞回来
可以把衣服脱了给他看看
允许他摸一摸
也可以把头发散开
在他家窗前站着
可问题是：
"蝴蝶有我好看吗
蝴蝶哪会有我丰盈的身体
哪会有我这样甜蜜的小嘴"
1992年，春天
她在屋里
一个人，突然得意地
笑出声来

她 们

很久没有闻到花香了
从石凳归来的男子，带回烟尘、暮色和夜的声息
那些花儿留在原地，有的浮叶被吹向远方。

活在灰暗岁月的人，眼中的繁星夜空那么美
低头行走的人，沉寂的街道那么美
就像刚刚散场的一幕电影。

今夜的月亮，是一支熟悉的曲子
适合唱给仰望的人听。面前忽然卷起的
一阵风，没有人知道它奔赴哪里。

一个女孩在路口，孩童般骑上他的身体
一个女孩用烟蒂烙印自己的手臂
一个女人，仍在信守无妄的誓言。

他写下她们，犹如重返旧时光的暗涌
经过的一次次水漩、洄流，令他颤栗。

玻璃之诗

我进屋的第一件事是刷鞋，而后
去换衣洗脸。这鞋底的尘土、草泥
衣衫上的茶渍烟洞，总是那么打眼。
眼睛，是最细密的滤器
一个饱读诗书的瞎子说
但凡眼见之物，皆非洁净。
在这句话里我缓慢完成，过滤分离
漠视消解。又不知由何时起，我爱上了玻璃

烟灰缸，茶杯酒盏，果盘碗碟
一些日用之物，改换成了玻璃器皿。
我喜欢看见它们在射灯下
熠熠生辉的样子，以及在黑色
大理石（餐台）深处的映照
交汇和流变。在一个临时停电的夜晚
这些易碎的东西沉静下来。
现在适合发呆，暗淡中小坐
光突然来到，玻璃瞬间有了灵感。

旷　野

十月的旷野，云离天空。
在逡巡与眺望中，红花苜蓿没有寻到
它死于多年前的刀刈与铧犁，早不复繁衍之功。
村上的男人似乎找到自己的宗教
追风赶尘而去。河岸上两头黑公牛在啃草
偶尔甩动一下尾巴。夕照犹如内心孕育的火种
渐熄尽。湖泊赶在干涸之前
献出最后的粼光。黑夜着手
吞并田畴、草木、广场和人群
驰援的风已经上路。麻将馆里
人影幢幢，妇孺进出
屋檐下的几盏灯笼有些摇晃
似是晚祷，有多少远足者，就有多少未亡人。
一名老妇人手提镰刀，垄上走走停停
像巡更，更像哨兵
她刚刚忙完了一场农事。

写诗的趣苦

昨日立秋送别家人
他开车回程时误入高速公路的ETC闸口

不得而过，在截夹之中艰难地停顿，挪移。
今夜宁幽，他重又开始写诗。
美好的紫薇、红蓼花、白鹭、布谷鸟
更多时候生活在故里或异墟。此时兀自
开了飞了。被用旧的蝴蝶、蚂蚁们无限次
历返，出场后昏睡，它们
集体搬迁至下一个空洞。
晚灯里的人用心写下每一个字已成具象
长时间盯着一切似乎隐然发生包括
唏嘘、欢苦和谜团。
他极其不愿意在诗中写到我
他更愿意，用他代替我在诗中活着。

星　空

2008，不是年份是一个门牌号
紧邻的植物园里湖石与林叶，彼此交换
磊落的眼神，掉下来的了无情绪。
一些如我不安的人走出来，他们看我是陌生的
他们与风一起，做着无效的折返跑。

有那么一刻，我不知自己置身何处
众生里除了几个紧密的，其他更多的只是象征
一串符号像雨点击打湖面，雨声急促
又嘈杂。我枯坐半晌不得已
收起影子和几片阔叶，退回2008。

早上剩下的牛奶现在喝
手头的瓦尔登湖是另一个译本，接着翻看
一个近乎赤裸的男人，坐在露台不羞愧
天上，两颗星星挨得很近，相惜不拥抱
如书页之字，不重叠。

我无限崇拜风的一生

潘帕斯草原刮下的，去了诺坎普
途中不断出现褶皱、裂隙，并在行旅中急速愈合。

村子里立着最后一幢屋。那里浅草伏地，枝条乱颤
从此出发的，转至巡店镇，雨水走出长长弹幕。

所见的青萍之末，木秀，堆出
飘忽溯溹，甚至是小蝴蝶，皆与之有关。

风，从不顾惜这些
也不拘谨，想吹就吹。

吹过空荡荡的操场，也吹过
阒寂中，暮年的我。

在火锅店候雪

天气预报今晚大雪
三个男人在火锅店落座
腹部隆起，发际上扬
说啤酒还是冰的好喝。

我们谈及——
大桥、水库、单车
上旋的歌声、下抛的尿液。
谈及回民饭馆和温州发廊
谈及中山街的一场群殴事件
谈及身中数十刀倒在环城路的一位故人
谈及窗外，一只银狐。

木炭不能充分燃烧
我们找不到拨火的铜箸

那么多的空瓶子，什么也稀解不了。
紫贝菜、苦苣依旧鲜艳，土豆变得难看
雪花牛肉端上来了
雪仍是没有下落。

魔术师

那只船越来越小
那个划船出海的人越来越小
直至消失苍茫海上。

不过多看几眼，不过留念
我梦见什么就消失什么，唯苍茫挥之不去。
消失我，已经动用了数不清的夜与昼
比起轻溅的海水，我有沉重的体量。

诗　艺

落在羊身上的雪是雪的洗礼。
啄木鸟啄出菩提里的
星月。锯齿草在鹤嘴锄的颈部拉锯的时候，
拳头松开了五指山。
塔已厌倦于塔尖的抵达
离异的松针
一半遮蔽松下的童子，另一半缝补白云的漏洞。
钟摆甩出球杆击打虚无的高尔夫
莲花替淤泥里的藕倾倒浊世里的荣光。

羊

他就是用羊的眼神
触摸闪电的人。
之后，还剩塔尖在半空中孤悬
与明月两两相望。
神啊，请宽恕我愚昧之罪，
一柄鹤嘴锄里藏着的奥秘，我还没有参透。
肉身实在是有限
寿数、智慧和眼界皆为有限。
作为一只羊，
我不想在羊圈之内，也不想在羊群之中。

玫瑰峰

此峰有茵陈、车前草和忍冬……
唯独缺少玫瑰。
其实，

我想说的都隐含在这第一句话里了。
把茵陈揉搓
它芬芳的词义才彰显。
车前草才是好信徒，对车轮坦然无惧
被碾压就是被修平——神的道路。
忍冬被称为神的儿女
它因忍耐到底，必然得救，
它的富足写在脸上——金银花。
玫瑰峰就是最好的诗人：岩石之身，玫瑰之心。
玫瑰峰就是一道窄门，
我会从玫瑰和峰之间的缝隙穿过。

游香积寺

快要如寺院中的银杏树。而银杏叶
已失去表达的激情。

卡在非法与非非法之间
如鱼刺卡在喉咙里。

泉声与危石已被移植于摩诘的诗中
但如何渡自己的空潭？

未发出一个宏愿
仅仅是众人里需被光照的一个。

蝉鸣里也藏着禅
那一念从泥土里钻出来亿万化身。

曼珠沙华

荣耀、智慧和炫目的红
都是你的。

我一路败退
从旷野到密室
一颗心遁入温暖的黑
我看见露珠透明
依附于草叶
银杯斟满远山的积雪。
你在菩提树上书写
我用心灵置换你的果实。
暗影里，有我们
深爱的寂静。

像一株向日葵那样，委身于光

安静，但不安逸。
水晶质地。
脚下是坚实的土地，
头顶有流云变幻，和星空。
蓝，我内心的世界已敞开，被光所洞悉
无遮无掩。

秋日颂歌

秋天就要到了，那个年轻的人
淋过几回雨
现在。给爱人写赞美诗
提醒自己擦脸
进储物间，换上干净的鞋子

秋雨下了三天，街道和墙壁都是湿的
那个年轻的人
把几斤枸杞填入胃里
但它仍然保持着新鲜的饥饿感
像是起初的样子

秋日将尽，空气里弥漫的还是笛子曲
有人说起野鸡、蚂蚱
那是谁读过《古拉格群岛》的村子？
——那个年轻的人
记得添衣，记得拍掉裤脚上的泥

不可说

往往是我把自己切开
分成皮肉、骨头以及精血
不均匀，不同质
不可琢磨
也可能是解构，比如沟通
约等于听和说
往往是我以恶度善，水中取火
选择性忽略

也可能是事无恒势，心却有郁结
执念使我看不到更多
呈现即局限。
所恐惧者，不过是谗言抵破喉舌
往往是很多事不等发生
就已经终结
死重于生，信与不信
其实都是多余的

祷告辞

如果有人会在一百年后问起
这里葬着的腐肉与烂骨
有没有被谁爱过
如果这问题的答案
并不能够令质疑者释怀
那么，请告诉她
最后一个经过墓地的女人
黄土埋过脖颈之前
他不曾远离过
客西马尼花园式的孤独

第二种可能

他到过一个人的古渡口
看落日余晖
裹着河泥、枯草
落入心底
到过掏空了的
只闻松涛阵阵吹过来
却不见人影的石山
直到听完这样一首曲子
他才想起

最幸福的事
可能是陪爱着的女人
在清晨
慵懒地醒过来

剧　情

雨大起来的时候
他想，
孤独是一把
打开的米黄色尼龙布伞
那是病中
他还住在海拉尔西路
干净的街道两旁
栽满泡桐
坐在他对面翻书的是
鹰派酒吧认识的陌生女人
他记得那本
黑色封皮的小册子
在第63页
有人说:
哦，我原本以为你
不会丢下我一个人的

在咖啡屋读一个未知结局的故事
　　　　——给HY

HY，木质屋顶上悬着亮淡黄色光的吊灯
红砖墙壁镶了小幅边框的旧照片
长椅、教堂以及几束就要开败了的蝴蝶兰
窗台空着
题为"第七天"的黑色封面的小说
还是没有放回原地

记得第一天么？
贵夫人和乞丐相继死去
有人湿着洗掉木头刺和石屑的身体
找可以遮羞的殓衣
你喝柠檬水，哭着讲起十年
那些锈进骨头里的往事
多像小说开头，第一天——
门没有关紧
一切都开始消失
还要不要把灯光调亮一些？
读完中间一行
我在心底默念你的名字
HY，我已记不起
齿痕和泪迹
有些事我们都在恐惧
比如爱你，比如
小说里被风雪搅得满目狼藉的婚礼
还要读到第七天么？
安息日。火葬场。灰烬中的我们
我和你
HY，我摘舌苔上的青草给你
在黑夜里
绿皮火车疾驰
不要读末尾，句号之前的那个字
不要眼睁睁看着
故事里的我们
死于虚无
找不到，葬身之地

周末上午的秘密

那些琐碎的东西都哪里去了？
硬包装盒的廉价纸烟
棉质袜子以及收件地址（邮递员并没有如约而至

送来我喜欢的长裤以及外衣）
马可，我总是记不住一些东西
与彻夜捧读相比
我更喜欢女人丝绸般的身体
只是马可
我悲哀地发现，自己谁都不爱了
只在格子纸上记录潦草的片段式短句
偶尔也会担心
马可——
我会不会死在某个独居女人的房间里
壁纸会不会镶满细碎金丝
会不会在客厅中央
安置取暖用的铁铸炉子
马可，我们不想这些荒谬的问题了好么
去放着重金属摇滚乐的水吧玩掷骰子游戏
马可，根部没有枯死
请相信
总会有一场春风
再把我们吹绿

缓 解

缓解我温暖的，是寒潮，
缓解我睡眠的，是黑夜，
缓解我呼吸的，是橙色的雾霾。

膨胀，沸腾，缓解它们的
是一大堆泡沫——

同 谋

这是惊呆的日子，一群狗
狂风般从你面前经过，
催生恐惧的窟窿。

也许已经胆怯，双唇翕动着
怎样的不安和焦虑？
不安，是你身后的蛛网，
焦虑，是蛛网上的蜘蛛。

突然间，风沉默了——
你举起双手，松开五指，
又突然握紧拳头。
——我就是你唯一的证人，
生与死的同谋。

犹 豫

楼下那棵无花果树没有一片叶子，
横七竖八的枝条和树干

像患上皮炎，布满被天牛幼虫蛀食后
留下的窟窿和粪孔。

"是修剪枝条，还是锯掉整个树干？"
我拿着锯子，
像一头成年的天牛，在"嘎吱——
嘎吱"声中，犹豫不定。

欣　慰

她二十五岁从甘肃嫁到浙江，
甘肃指的是静宁，
浙江指的是嘉善。
第一次见到她是在一家养身会所，
她穿着白大褂，戴着口罩，
为我做保健推拿——
三年了，佩服她精湛的手技，
点穴，开背，走罐，艾灸。
爱听她的唠叨，婆媳的友善，
儿子的淘气，乡愁。
也欣慰她有了成长的烦恼——
一天晚上，突然发现
她将微信的备注名由"小方"
改成"理想与现实"。

乡　愁

找不到回家的路，泥泞的脚印
被太阳烤干。
找不到小时候裸泳的小河，
打水仗差点被淹死。
找不到青梅竹马的桑地，爬上树
摘桑椹满嘴口红。

——乡愁有记忆，但我的记忆
一直停留在
那座废弃的土窑——
那里，曾是爷爷奶奶的墓地。

描　红

开车经过小区门口，看见父亲
踮起脚尖趴在风水石上，
用湖笔描红几个褪色的汉字，
感觉像在墓碑上描红。

"我怎么会有这样的想法？"
我咽着口水，不停地吐着唾沫。

奶　奶

1966年4月，64岁的奶奶病逝，
我刚满3周岁，
父亲说，发现奶奶病逝时
我正睡在奶奶身边，床的另一头。

姑妈抱着我给奶奶守夜，
她哭着，我也哭着，
哭累了，我趴在她怀里睡着了，
她枕着棺木，也睡着了。

父亲说，三年自然灾害之后，
家里穷得连奶奶的
一句遗言也没有留下。
父亲还说，为奶奶出殡回来，
那条陪伴她六年的
狗，跳河自尽——

看 望

天气忽冷忽热，昼夜温差大，
许多老人突发脑梗住进医院——
CT，抽血，打针，吃药，挂盐水，
钱花在最不该花的地方。

情人节的晚上，我陪家人去医院
看望一位患脑梗的病人，
"谢谢谢你们来来看看我，我现现
现在已经好好多了。"
——病人歪着嘴跟我们说话。

走出医院，回头看见住院大楼
闪着诡幻的灯光，
夜空漆黑看不到一颗星星，
天气预报说今晚下雨。

爬 山

太阳还没有出来，我们就去爬山，
天空是迟钝的，但感觉山
比天空还要迟钝。
一条羊肠小道，我们穿肠而过——
我在前面带路，顺手
折断一根树枝，
把它举在额前来回摆动，
掸去蛛网和小飞虫。

天空开始泛白，露水打湿鞋子，
但感觉仍然有蛛网
罩着我，我却不敢吱声。
偶尔，朋友会在我身后
推我一把，或者
我在前面拉朋友一把。

我们就这么爬着山，直到我
满身是汗，脱了上衣。
我手中的树枝，连同之前的蛛网，
也不知道什么时候
销声匿迹。

候　鸟

从江南到海南，朋友像候鸟
在那里过冬——
礁石和海浪举起蓝天白云，
快乐不再是表象，是无所顾忌。

而我蜷缩在江南的被窝里，
窗外寒风习习，
河水结冰，
我伪装着醒来，看见自己
躺在海南的某个沙滩上，
像一只被潮声蛀空的海螺，
被太阳烤着——

丁栅老街

铁环从桥上滚下来，躲闪不及，
倒地的瞬间，看见自己
推着铁环，一瘸
一拐地走在冷清的石板路上，
遇巷转弯，铁环
徒然地滚过时间的裂缝。

"断井颓垣，老街像散了架的旧风琴。"
巷的尽头，人去楼空，
廊棚布满蛛网，坍塌的墙上
狗尾巴草高过头顶。

晚　餐

森林中有森林的秩序
草原上也有草原的规矩
这是一桌氛围最好的晚餐
我的左边坐着狮子
啃完最好的一块牛排
正悠闲地剔牙
他想喝酒就喝酒
想不喝就不喝
狮子旁边紧挨着老虎
刚刚灌下别人敬来的高度白酒
明显有点够呛
还有一直安静抽雪茄的豹子
号称千杯不醉
大象和犀牛都被他放倒
给我发过暧昧信息的狼与豺也被他喝趴下
此刻，他不动声色盯紧了老虎
偶尔瞥几眼我的胸部

我是什么呢
我就是一个局外人
狮子旁边的小白兔
小白兔，白又白
红嘴巴，两只耳朵竖起来
有时我在警觉地吃青菜
有时我在动物园神游

锁　骨

我的锁骨被一个男人藏起来了
这个男人又被时光藏起来了

裙子和丝巾挤满了衣橱
它们只知道
回忆的藏身之地

那一夜
有人在我身上种樱桃树
以后我就常常做梦
身体发胀
我会莫名其妙把樱桃捏碎
鲜红的汁液让我产生快感

那些死去的蝴蝶
它们的翅膀
在深夜，就和我的锁骨一起颤抖

敞　开

阳春三月的山坡，桃花烂漫
竞相向春风敞开自己
一个个故事就开始重见天日

我所坐的长凳上
还敞开着一个人的位置
只有阳光裸露着，坦坦荡荡
我不时四处张望
渴望一个陌生人，朝我走过来
在我身边安静地坐下
无须任何言语，在春天
风经过花丛，都是寂静
我们都不应该发出多余的声音
而空气当中，会多出缠绵的气味
就像，不请自来的昨天
在这个下午，它们挨着我坐了好久
周围没有一丝风吹草动

诱　惑

她偷了合租男人的一件衣服
白色的，纯棉的，大T恤
套上它，裸露着一双洁白的大腿
像猫那样蜷缩着身子
在月色暧昧的阳台抽烟

夜湿润得可以拧出水来
她的每个动作都要十分轻捷
不能吵醒他
不能让他发现另一个自己
不然他会吓一跳

穿着他的衣服
就已经和他合为一体了
明天，她就要离开这个城市了
带走他的气味

隐　去

隐去我外乡人的口音
去菜市场一毛一毛
讨价还价
把生活成本控制得恰到好处
去莲湖公园
夜间散步，吹风
自如地摇摆，混迹其中
去住的房子楼下
与烧柴火饭的老奶奶搭话
她的寂寞与沧桑
令我一再想起，老家的亲人和眼泪

隐去我年轻无瑕的面孔
它还是一张白纸

除了时间、内分泌和日晒等不可抗因素
留下了几颗稀稀疏疏的斑点
再没有什么别的痕迹
比如世故、老练、城府
我们都知道，事实里的生活
深不见底
但它还来不及
在我的脸上涂抹
我的面孔，干净得如一块大理石
温润的花纹上
泛着青瓷一般的光泽

隐去我的光泽，现在
请不要让人看穿我脆弱的本质
看穿我，一个异乡人
层层戒备背后的疲惫

九月，在南京遇见合欢花开

在南方，合欢是五月就开过了
有些事物的凋零
也在此之前，有了预兆
或许比这更早。
譬如，外婆离世
之前，我和母亲给她擦拭身子
女人的一生如一面镜子呈现
那些隐秘，堆积着往事
爬满每一条沟壑
生命的起伏于无声的河流深处淌过

母亲低声抽泣着，而我年幼懵懂
只觉察到一些东西
以不可逆转的姿态，往后
退去。有一双手带走外婆

到时光暗处
蛰伏起来。数年了
她一直没有回来我的梦中

如今，我站在合欢的花隙间
影影绰绰的时光，漏了一地。
想起守灵那夜，母亲的脸
与遗像上外婆的脸，骤然重合

一生，就这样了

书，读了些
男人，阅了些
爱情，体验了些
生离死别，经历了些
游戏，也玩了些
一生，就这样了

如今，他在天堂，我在人间
两不相欠
我读书，写作，逛街
白昼是我的，夜晚是别人的
我的心与肉体，偶尔也告别
我知道，男人累了的时候
也要童话

冬日，在门前洗澡

在乡村，我们没有卫生间
也没有不可见人的秘密
冬天出大太阳，孩子就在门前洗澡
母亲用柴火烧两大锅热水
澡盆放在门前的草垛旁

黄灿灿的稻草储满了阳光
老黄牛安静反刍，神情慵懒
那些记忆也变得安静

母亲只帮我擦洗后背
余下的地方自己洗
才九岁，我的乳房已经突起
两个小山包正在萌动
揣着童贞，不知道羞耻
村里的老光棍从门前路过
对我不怀好意地笑
母亲生气，啐了他一口
嘴里发出恶毒的咒骂
正是这一幕
让一个小女孩无师自通
捂紧胸脯，并迅速学会脸红

火葬场

一些烟
从里面飘出来
其中有我的姨夫

一些人
从里面走出来
但还要回去

先　知

在我的内部，有一种声音
像海豚般婴儿的呓语
自遥远的星星的灯塔
向我的嘴唇
发出地窖般的疑问

挖　掘

瓶子里没有水
花已经干了
笔直的茎秆上
残留着几片干、脆的叶子
它们的清香使我
零星地想到了一些事物

死神通过这些美好的叶子
也蔓延到我的体内了
比如现在，我感到渴

那是它正开着挖掘机
挖我的喉咙

神秘的事物

无论你是谁
当有一天清晨你过早醒来
步入静如处子的庭院
瞥见一棵妙曼的桑葚树
你揪下一颗果实填进嘴里
树皮上闪电般裂纹
沿着这颗桑葚内部的酸
突然抓住你的舌头
击中你的灵魂时
你就不得不开始思考
那些神秘的问题
就像你身边忽然有一个人
陷入爱情

爱情就是你我之间广大的空白

一直以来
我和你
都装作互不相识
各交各的朋友
删了很久的微信
又在看过一场电影
痛哭之后
加回
不变的沉默
横亘在我们之间
像两股相互扭着的缰绳
我们的皮和血
都在对方的肉里

妈　妈

妈妈
很多事情
你和我都早已熟知
这世界容不得一颗果子
只挂在树上而不变熟
你一直害怕我变成那种人
飘荡，像个幽灵
现在我是了，妈妈
再没有谁能像你一样
待我好了
但尽管如此
我还是拒绝了你给我
安排的稳妥生活
并且屏蔽了你

樱　桃

我记得
我们全部的爱情——
一颗晶莹剔透的大樱桃
我咬了一小口
剩下的
全部塞进了
你嘴里

自　由

我想要一个白色的浴缸
放在旷野中央
每天午后趁着阳光
露天沐浴

像婴儿可以
肆无忌惮地
在大庭广众之下
赤身裸体一样

我有对这个世界
坦白的欲望

土　豆

土豆有很多儿子
每一个儿子
都喜欢把其他的儿子
当成玩具

它们一起挤呀挤呀挤
谁也踢不到足球

渴　望

一年一年
他们将铁轨修得如此细致
让一些人来了又去
穿梭于尘埃里
只为在某个特定的日子
把最好的东西装进箱子
拎回家

让另外一些人
在铁轨旁边等待
并沿着它铺设房屋
晾晒棉被
将自己全部的生活
置于在别人的眼皮底下

与年长者恋爱

我们因为死亡相识
我只见过你官方的图片
而这些并不能称作是一张照片
人像陌生却又大同小异
我没有见过你
认定你就是哲学家的样子
这一天因为死亡而成为祭日
因为你，多了一分悲伤
才有一个更自由的灵魂
有的人存在，离开时最为存在
有的爱一直在，直到死亡破涕将爱喊出声来
我看着印着你五官的图
我们就又相识了一遍

有话想说

好像并未过着人生
人生却丢给了你难以抗拒的无奈
你说这是一种绝望
并告诉我关于"感受"这东西
如果在一年前你会发疯
而一年后的今天你已经接受
你说这与成熟无关，你仍旧有许多
冲动的幼稚——你说你想逃避
想和我在一起
和我在一起成了你逃避的唯一路径
可赤裸的人生无处可逃
眼泪流出的是心动
笑容的弧度延展，从嘴角开始
勾住了画面的过往和过往的滋味

此刻的两个人只是
有话想说无从说起
而已

原　因

用铁勺刮走杯面悬浮的白色泡沫
露出的咖啡自成一色
整理好的笔迹没有整理的痕迹
多少年后，我不会记得它们原来的样子
已经不会再用铅笔写下什么了
留下的就让它留下吧，没有什么
是值得拭去的
甚至，也不会有什么是真的重要的
喜欢镜子，也喜欢影子
彼此也互为镜子和影子了
不要告诉我因为什么
爱也好，不爱也没什么不好

自己的对话框

下雨的时候她打着伞
伞下，她戴着帽子
她很冷
于是她走得很快
可是风很大
走得越快她就越冷
她忽然想念一个拥抱
就掏出了手机
她把想说的话说成了一条可以发送的语音
松手即抵达
压低的帽檐没有挡住她的视线
雨伞也没有
可她差点撞上了一个人

语音可以储存
她只是把想说话储存给自己

清　洁

我该以什么样的姿势对待
这片被我擦净的地板
是踮着脚尖从边缘处略过
还是心无杂念地站在原地
安静地感受混合而单一的气息
不，我要一屁股坐下
在眼前的澄明里对着流淌汗水的眼前人
傻笑一下
我要将整个身子与它完全重合
我要躺成一个大字
闭上眼睛或者看向天空
当镜头从最高处往下推来
我如此甘愿，成为不易察觉的渺小
我是欣喜的
像清洁过一样

合　衬

真是——
一个好天气
过了冬天
傍晚才有傍晚的样子
云霞满天
至少有一个时刻
我记得它的样子
我属于它的高高在上
它属于我的眼睛
不用假装感动而是留下真诚的眼泪
多么幸福

这样的
好天气里就该发生让你泪流满面
幸福的事

请完全相信我的赞美

所有的窗户都有形状
灯光，让我更加确定了窗户——
原来的样子

我在这里，看着远远的对面
像路过的人不经意
才把窗口处的光看成了天上的月光

半空出现了许多的月亮
悬挂着可及的皎洁与充盈——
光似乎更近了，滑泻到了指尖、掌心

当我把它当作真的月亮的时候
它就只是一点发光体
细小得像距离我很远
像距离一轮真的月亮那么远

当我把它当作真的月亮的时候
我没有质疑
夜晚更像夜晚，舍不得睡去
不忍心赞美

阴　影

收拢的伞布上隐藏着许多
小水珠
各自向着地心靠拢
伞下汇成一片

对应着伞上的另一片
他们是一个整体
湿漉漉的地面
被涂上了更深的颜色
证明了
拿伞的人曾在此站立
留下了一片阴影

自　言

这里，是自言自语的地方
与自己对话
我来我往
可以质疑，可以默不作声
可以认真又不经意地说
可以安静下来一句也不说，像听另一个人说
像许下一个愿望那样虔诚
有时说出声来，有时咽在心里
像一个疯子极致地演绎神圣
像一个恶魔在消逝时求饶和忏悔
我更像孤芳自赏的自恋者——装模作样
一个发声，一个回音
左手遗忘，遗忘的全部丢弃
右手记录，丢弃了的在这里又拼命地拾起

捉迷藏

许多年后我想起
我离你最近的一次——
你在前座
我在后座
我往前把头轻轻放在你往后靠的椅背上
我没有看见你
你没有看见我

只有窗外经过的人知道
"你看，他们靠得真近"

这是个秘密

一个人的时候
我看见的一切事物
都是我的
白天，和许多人说话
到了晚上就只和自己对话——
沉默，没有断续也没有继续
整理晒了一天的衣裳，它们蒸发了水分
储存了不会更多也不会更少的阳光
把它们放到了衣柜
拿出一件，穿在了明天的阴雨里
我不厌恶下雨
一切只是恰如其分地有来有往
站在阳台上看一家又一家灯火的时候
我在吃水果
后来所有亮着的灯都有那天那种水果的味道
是什么水果，这是个秘密
像融在夜晚空气里的问候
把所有星星连成一线就是它去往的路径
化作一颗流星，经过漫长的流逝
才被人们称为"一闪而过"
我住在十二楼
有一次又跟自己玩这样的游戏——
一眼找出对面的十二楼
如果我没有猜错
那就是你在想我，只是
这是个秘密

亲人也好某人也好

坐在一面落地窗边晒了一整天的太阳
阳光晒得脸颊红晕
像充满了醉意——

一件薄衫已不足以抵挡寒意
它让我寸步不离跟着太阳

我们之间无论是谁先离开
都是因为
我们没有一刻不在变换位置
我们没有一刻只是默默待在原地
多么幸福啊，我们
没有抛弃和背离，无论

隔着玻璃还是隔着空气
你都已经温暖了我，都已让我不舍

七 岁

鸭子大摇大摆地穿过
刚锄过的菜地。
蚱蜢轻声飞了一阵,
落在了豌豆花间。

水蜘蛛快乐地滑动
在水草的边缘。
听从妈妈出门时留下的话,
我坐在矮矮的木凳上
歪歪斜斜地练习着
方方正正的汉字。

看雪一种

有一刻,我们两个人
趴在窗前看雪。
也许是一个人,
是童年的我
趴在窗前看雪。

雪,模糊着窗外。
仿佛真是我们两个人
在看世上的
雪花漫舞。

村庄亮着,桃花开着

一条小路伸进去,
村庄的前门是桃园,
村庄的后门是牛羊。

牛羊"哞哞""咩咩"叫着，
吃着阳光和青草般
微拂的日子。

一条小路伸进去，
雨水下着，阳光照着。
雨水今天涨一点，
阳光明天深一点。

一条小路伸进去，
一缸清水一个家。
村庄亮着，桃花开着。

水牛泡在夏天的河里

水牛泡在夏天的河里，
弯弯的尖角，沉稳、有力，
使小河有着另一种年青。

鹅，伸长脖子
追逐远去的客人。
母鸡在草滩边啄食，
更多的嫩芽被翻了上来。

炊烟把屋顶的黄昏涂成
村妇的草灰色。

点起油灯的日子

天黑了，母亲点起油灯
那光亮散发出煤油香味
我们等候父亲
从田间归来

姐姐变幻着手势
大象、马、山羊、兔子
从墙上走过
碰到巨大的暮色
又一个个跑回来

等待是如此漫长
油灯突然地"哔剥"一下
母亲用纳鞋的针尖
拔了拔灯芯
悬在夜空的屋子
重新亮堂了起来

福　分

能够安静下来，
是一个人的福分。
能够在开满
油菜花的村庄住下，
也是一种福分。

菜园里养几只
"咯，咯"叫的鸡，
烧柴火，
过粗茶淡饭的日子，
这是村庄
也是你我共有的
福分。

推开窗，小镇的下午空空荡荡

推开窗，小镇的下午
空空荡荡。

秋天的落叶走在
秋天的湖面，
每一步
都是一次回头。

已是很久没来了，
包括多年前
就已走遍的街街巷巷。
雨，仿佛又下了起来，
湿湿的雨飘进窗口。
我，不想走出太远。

每一步回头，
好像总会少些什么，
也许这就是失去，
失去总是从
一片落叶开始。

雨

雨敲着屋顶的瓦
敲着弄堂里
隔壁家的窗玻璃
也敲着菜园子

池塘睁开
一双双小眼睛
望着

雨声穿过厅堂
厨房里，母亲正打着鸡蛋
被雨细细敲打过的
她又用竹筷再敲打一遍
瓷碗里缓缓滑落的

正是母亲为我加做的
生日晚餐

新园子
　　　　——给姐姐

父亲翻着荒地
我和姐姐跟在后面
把瓦砾、根茎从土里
拎出来
母鸡领着小鸡
跟在我们后面
它们从翻松的泥土
刨食草籽、蚯蚓、幼虫
有时又追着蟋蟀
跑出很远

整个下午
我们和阳光一起劳作
翻垦的泥土
从黝黑、潮湿
变得灰白、硬朗
仿佛一层薄薄的古巴糖
撒在这上面

现在，父亲坐在
被他手掌磨得发亮的耙柄上
望着他新辟的园子
竹篱的影子
沿着荒芜的边
我和姐姐追逐着
如同两只翩飞的蝴蝶。

Chinese 汉诗 Poetry

诗 歌

Poets Geography

地 理

施茂盛 作品

夏汉·用陡峭换取梦境的开阔

杨 政 作品

殷晓媛·一只"苍蝇"与59部电影的跨时空纠葛

施茂盛

施茂盛，1968 年生，毕业于复旦大学。20 世纪 80 年代开始发表诗歌作品。曾获 1988—1989 年度《上海文学》诗歌奖、2012 年《诗探索》中国年度诗人奖、第四届"红枫诗歌奖·复旦诗歌特别贡献奖"。著有诗集《在包围、缅怀和恍然隔世中》（2005 年复旦大学出版社）、《婆娑记》（2013 年上海文艺出版社）、《一切得以重写》（2014 年上海文艺出版社）。长居崇明岛。

代表作（10首）————————————————————

醒 来

亭廊里拥挤着喧哗声，但
仍不及芭蕉压住的喃喃自语
有人一早换上了新脸庞
从长眠中醒来。醒来——
却不知又将自己丢在了何处

旧池塘有点皱，有点偏心
锦鲤掉了魂似的扑水
又努力压住身下的水花
以为池底，会有另一副形骸
供它们越过枯荷上的小塔

而我，在摇椅里沉沉睡去
摇椅的扶把，我曾引来春风小驻
鹁鸪。斑鸠。黄鹂。画眉
个个都漆上了人的模样
它们，也是这座小院的心脏

"少了。轻了。不在了。"
喧哗声已敛在明晃晃的镜子里
行人只长成一半。芭蕉下
他们的喃喃自语多么巨大呵
来到人间后，又久久不忍离去

2011 年 2 月

读 史

松冠饱蘸雨水，
煮熟了似的，
吐出最后一页怨气。

斜风写就将来史。
他只写将来史，
因他找不着源头。

苦瓜架下有人微微发甜。
这惊悚有点发甜，
令他未完成的身体虚构中喷薄而出

他不惜赌下重誓：
我用此刻的滂沱，
换你长久的湍急。

2011 年 3 月

死 者

早晨起来，看见每人的窗棂上挂着
各自的尸首。青黛的树冠上滴下的鸟鸣
仍在喂养着他们，像喃喃自语
养活了垂死中的我。这垂死缓慢的
必要经过春风泛滥的两岸
两岸，无用的良心顺着拖垮的身体轻拂河水
令河水没日没夜地，坐在乱石岗上熬药般自赎
哦，请原谅那么多人终将无端死去
原谅他们将死者的善恶吞进了肚中

2012 年 3 月

幻 相

饱蘸一场骤雨的松冠带来幻相。
烟霾里有它的鹤影。有它眼中的断桥。
我翻完老友相赠的诗集，
头枕扶椅，梦见自己在蜕皮。

邻近的翠微湖有些偏心，旧涟漪卷起长堤。
湖畔石凳上，一对去年的新人仍在剥石榴喂着吃。
他们真的还在？抑或只是他们脱落的鼻子、耳朵，
以及相互折磨的舌头，在搬弄被误解的是非。

我也难逃你们的误解。在被
半夜的锤子凿醒之前，
我牵来熔化的鹤，
端坐湖畔亭子里，与梦见的晚霞决裂。

再次梦见时，我梦见一具十四岁的
尸体，将湖面胀破。如幻相。
总的说来，幻相仍是尾随之物，
惟有在另一首里不是。而它明日将寄往某处。

2012 年 10 月

漫步记

湖水向落暮卷起舌头。
而两岸的垂柳
著几许愧色，细雨中吐着絮烟。

那时，我们刚从拱桥这端
往涟漪深处的长廊走去。
我们无谓地交谈，仿佛倦于时日不多。

你的喃喃。我的自语。
有一刻，我们快要谈到那个话题了。
你平静地一笑。我也没有阻止。

那时有两只翠鸟刚从湖心钻出，
在即将垮掉的湖心
它们寻找残荷的膝盖骨。

两岸，更多行人在加入夜色，
他们半真半假地去赴约。
发烫的身体途中已废去一半。

有些现象始终衬在淤泥里。
它们以拆掉尚未筑成的小径为代价，
日日加固一个话题。

你的话题。我们的欲言又止。
仿佛世界近在咫尺，却又永不可相见。在漫步止于
两位中年突然袭来不堪的疲惫。

2013 年 1 月

烂 掉

在我烂掉之前，我只关心粮食。
只关心磨成骨灰的粮食。
七里河滩，干瘪的向日葵捧着头颅。
拔地而起的洪水淹没我突然睁开的一对盲目。

我会一点点烂掉，直至归于尘土。
在人间这已不是什么秘密。
但我绝决不会带走我体内任何一颗粮食。
绝决不会让它随我一起烂掉。

它理应有更好的归宿。
它要在冬天点灯。要在冬天，像命运一样跌进石缝。
茫茫河滩上，这些奔跑的头颅相互簇拥，
仿佛簇拥着它们心爱的尸体。

是的，我终会烂掉。

青冈会烂掉。
青冈上正在挨饿的寺庙会烂掉。
旷野、矿山和新村会烂掉。
炊烟会烂掉。
扑食的猛虎会烂掉。
跃出典籍的麒麟会烂掉。
渭水河畔那根独钓春秋的鱼竿会烂掉。
旧棺中翻身而起的死者会烂掉。
我们不能说出的神会烂掉。
熏风过处，一个祖国和无数的葱茏会烂掉。

而在人间这已不是什么秘密。
当我与万物混同
又从它们中轰然冲出，
我的脸仍然是那张衬在淤泥里不断分裂的脸。
我父亲时时从我的这张脸上醒来。
他剥着粮食的壳和肉。
他对粮食的信仰，远未结束。

在我烂掉之前，让我养一群麻雀，
把所有粮食贮藏在它们体内。
这些曾被我们当作无底谷仓的麻雀，
它们一字排开，掀开天灵盖，在七里河滩沸腾一片

2014 年 11 月

神谕的场景

一块即将被打制成铁锹的铁
告诉我："我在等它，
直至它在枝头掘出让我们得以涌出的决口。"
此时的窗外，风欲止，而树未可。

一只地鼠在它漆黑的地窖里想，
地上一堆堆枯叶软软的。
它在一座绞刑架底下的地窖里窸窸窣窣地想。
而绞刑架四周，早已芳草菲菲。

一群麻雀死于叽叽喳喳。几只鹧鸪
囚在早晨的鸣叫里。
而鹦鹉的身子被它的短喉捆住。
我知道，雨水来了雨水便是它们所有的知识。

晚霞披覆，河流因此向下弯曲。
一匹低头饮水的马，读着那些写在流水上的名字。
万籁俱寂的栅栏，
正露出霜迹里蒸腾的鹅黄。

星辰仿佛钟摆一样在宇宙间运行，
潮汐初始，铺展着海岸线。
大地上万物完成。病魔缠身的手艺人呵，
何必要让你的匠心变得如此残忍。

我在庭院打盹，思虑丰饶。
敞开的诗集里筑着青冢。
一位行吟者，必须对
这些出神的骷髅表示尊敬。

"必须葬身其中，
才会抓住那些聚拢后又迅速散去的尘埃。"

——时间的尘埃，
浩淼如一只盘子般不确定。

群山仍在沸腾而采石场已被关闭多年，
灌满泥石流的寺庙冰凉如心。
我问那位不停地挖呀挖的采石工：
"你要挖的是那座刻在石头上的伊斯坦布尔吗？"

2015 年 10 月

绝 唱

晚霞是我独享的绝唱。
当它涌向我的阳台，
我愈来愈像一位老人。
步履蹒跚，每次祷告都似骑鹤而去。
而鹤，仍是去年那只。

可以望见小区西侧那棵苦楝，
有一天它终将制成我体内埋首呜咽的提琴。
琴弦上建过塔，
也曾有过群山倾覆而
漆重的湖水翻卷着奔赴我死后的藏身之地。

我赞美它，因为它存在已久。
"只是它还不是我头顶堆起的新雪，
不是这场新雪的源头。"
我在摇椅里想故人的葬礼该有一个什么样的开始，
才会永远地与我联系在一起。

我仔细辨认这晚霞里的缄默，
像昨日的诗句转换的语调。
镜中消逝的一具身体，它将造出更多的迷宫。

我知道我早已在这绝唱里一去不返，
似乎为早年的一场离席找到了新的借口。

那么多人都在努力阅读着自己，
把阴晦不明的功课当作学问。
一个偶尔降临这个小区的黄昏里，
我已觉悟太晚，所有的悲伤都只是一场旅行，
当你把与我的相遇当作诀别。

2015 年 11 月

赋 形

在雪松的冠部，它发现自己。
不是鸟迹，是修剪的喷泉。
即将融化的积雪，塑造着它的底座；
雾气微微蒸腾，它因此得以赋形。
仿佛某种神秘之物正在
勃莱的寂静中完成。
一股风团留在原处，它的影子
形成旋涡。松针根根立定，
看见依附它的光线跳跃。
松枝间，黑暗宽厚而又浑圆，
与退出的经验浑然一体。
而鸺鹠带来局部的时间，
在融雪的"滴答"声中显露。
远处，屋顶归于线条清晰的轮廓，
上面是大海在潮汐中恢复。
群星贴近轨道奔驰，汇聚银河。
宇宙，此时也从雪松的冠部开始。

2016 年 2 月

晨 练

那个在湖边不停奔跑的人，
他已挣脱我回到了他自己身上。
此时湖水忍受着。
被取走的漩涡忍受着。
一颗星辰喷薄而出。

随着鸟鸣搅动晨昏的一颗蛋黄，
他的身上似乎沾满了思虑。
这思虑无休无止地过滤着他，
迎风一击中他像只筛子，
为瞬间的醒悟消磨得千疮百孔。

防波堤上我彻底沦为旁观者。
他一次次从我身上经过又回到他自己身上。
仿佛词语虚构了一个场景，
在循环复始的切换中，
为我送来仅此一见的良辰半刻。

而对应他无所歇止的奔跑，
那语言的太极和瑜伽也在创制。
多么像一个未显的奇迹，
随手即可从这晨风里抓出一个个形体，
置于密林的对岸永不说出。

我见他终于被自己所替代，
弥漫在裂帛的空气里。
湖面重又恢复它司空见惯的雾涌。
似乎在表达某种未可的深意；
似乎又在退出，从他的每一次奔跑中。

2016 年 5 月

近作（10首）

黑夜的构成

如何在黑夜里廓清黑夜？黑夜里的
一切，黑夜的雨、暗物质，深的
树、浅的草，尘埃、雾，松垮的呼吸。
有时候得益于滑出鸟身的啼鸣
我们认出它们：新与旧，边界和
自闭的缺口。有时候是一座
花枝乱颤的时钟，赋予黑夜涌动的
大海，以时间的铁栅栏。有时候
是梦境造就了它，那墓地四周的寂静
闪着清澈的寒光。有时候也有别于
黑夜的样子，它有它的月轮、它的清辉，
它的轨道上还运行着伟大的星宿。
有时候，又酷似蝴蝶销魂的
睡眠形状，终于让它坦露初衷。
来自于意志的这一刻，黑夜里的两座
风暴，在互相叠加中得到舒缓。
有时候甚至都不需要用肉身，
去应和它底部那些隐秘的激流。
一座座漩涡在吸入，如某个源头。
有时候黑夜也不值得信任、夸耀，
还是任凭它在黑暗里恢复吧。
我愿相信这些年我所经过的电流，
并未让它迅速建立，然后终结。相反，
唯有那凿开的冰峰，为它赢得尊严。
一副凛冽的长喉，终于在这黑夜唱出。

2017 年 8 月

群峰合唱

斑鸠的孤鸣使用了消音器最后一个音符
缝隙间是大海在它的涛声中愈合
烟雨迷蒙的寺院孕育着它早期的盐
这崭新的枯枝终于有了结晶的渴意
仿佛峰回路转，修成了正果
曾有什么让我俯首悲伤
星辰在我贫穷的额头喷薄
密匝的松针更为轻扬
从它固定的沙盘松开时光
这个早晨，我需要用献身刻下自己
山水对我已无痛感，想象也非慰藉
可能只有灵魂仍如稀粥每日映照着我
这次，死者并非因为急流勇退
而是重新加入了群峰聚首的合唱

2017 年 1 月

午后

午后。隔壁有人锯木，轻咳；
一小时的脑垂体分裂成玫瑰和蜘蛛。
咖啡杯的银匙在搅动。
匍匐的光影脱下暧昧的裸体。

嗜睡者关心轻度的落暮。
湖面：旧日的碧波与鹅语——
那随手翻开的诗集，
有一堆时间蚀骨的锦灰。

然后，好多人从四面八方涌向我。
我需要他们坐下来，脸上坦露同一神色

我欣喜他们抵消了每天的谢意。
只要稍微松动一下，世界便不一样。

比如，玫瑰和蜘蛛会多一点点——
此刻的阳台上，餐具已摊开。
他空造的凉亭基本筑成，
而我在无限折磨的未知里又一次垮掉。

2017 年 2 月

白 鹭

从晚霞中剥开一对沸腾的肺腑
白鹭就此脱下它的黑夜
群山夺目的翠色
此时也强忍住隐喻的交错

斜向一旁的坡道别有一番深意
新枝在湖面，星辰埋草间
可以想象，它缓慢的翅膀正握住灵感
像脆弱的少女来到墨绿的纸上

林中，月光溃散如绑带
春风凌乱唯剩草图
而那些熟睡的，也非假象
一颗松果传递着准确的发音

在云端漫步，白鹭成了自己的补丁
十万八千里的河山支持着它
背负骨瓮隐匿于一架青冈的钢琴
它清贫的羽毛，如薄雪枯死悬崖上

未来它仍有神力起落
来自耳中的寂静露出边界

一只残缺的灯笼指引它
从浮夸的人间带走音信

但是抱歉，我所见的或是另一只
如指间轻滑的琴声退回流水
在语言中，我是一个苦练的人
因为它的友谊，我们终得以相认

2017 年 4 月

郊 游

风磨损河岸
凌乱的人群被小区的凉亭梳理整齐
割草机歇斯底里
无以应答的起居时分

斜坡有别离的小径，青丘多空寞
此语出自将来的问候
对于这位爱上落日的邮差
彼时的良愿又如何在此刻的描绘中忽现

郊外，遍地黄花成瘾
柳色击垮半道上的
游僧，一根树枝伸展如邻省的天线
用于接受低频的不测之音

旧报纸里筑的塔
笼子外不断加固的笼子
那么多偶然的晚霞
虚无甚于当年的疏忽

屠宰场又成为新的开始
教堂只准备了结束的盆景

一只孤灯不经意间被众目瞩望
不合时宜地延至天明

2017 年 3 月

雨中赋就

这个假想之人，抵靠在窗沿远眺
一种顺应他晚年的语调来到他身上
他似乎因此可以写出更为杰出的诗
这时候，雨落在白铁皮屋顶
慢慢地蒸腾出一股股烟霭
这烟霭里笼罩的风景所呈现的
所有线条，并非如预期的那么协调
但它们都朝向他的内心合拢
仿佛出自内心所需，这雨又恢复
原来的节奏，时断时续。对面
楼群的轮廓也在交错中有如不测
一排冬青青翠似碧池穿过毗邻小区
他将发现，秋天已提早来到这雨中
幽暗下来的蝉鸣让他的身体愈加警觉
想起去年此时，他等待一首诗的唤醒
整整一个秋天，却一直索然无味
当他在这雨中微露的光亮里
接住每个词都爱过的易逝之物
他想说，这一生终可以如此过完了——
他所塑造的宇宙仍将把清辉泼将下来
经过的彗星却像命运自行熄灭
有些灵魂已不可用，有些已养成
而窗外，雨水里泥尘也未彻底滤尽

2017 年 8 月

新会饮篇

从越过屋脊的潮汐声中我隐约获悉
这奇异的世界固然已经造就
候鸟在它的旅途盛开
雨水顺着宇宙的飞檐滴落
而雪，盛夏的雪，也是我身体的雪
群山间，一只苹果品尝它晚熟的酸楚
晚霞披覆，如诸神的谱系
本该在源头结集的心灵
忍不住命运对它的一再试探
也将自己谱进了会饮的最后乐章
或许不可能的天使就在其中
所有的一切又恢复如初
一条河流它发现了蕴含的新秩序
引领墓床翩然跃起的蝴蝶
沿两岸的密林化身奔跑的犀牛
哦，恐怕坛口涌出的暮色也将归拢
幸福的人在婚礼上无所互赠
悲伤的人双眼噙着不舍的星辰
而体内埋下弯曲的银河的爱者
他重返地面，练习的是有别去年的苦吟

2017 年 1 月

旅行途中

一条林荫小道穿过虚构的海平面
供旅行者驱车前往。月轮似一把冰壶
悬挂在天之一角。白色烟雾生成新景象
而潮汐声维持着模糊的边界
第二天，我们也随之抵达
经过一个崖口时，扑面的沙滩

被退去的潮水无规则切割着
我们看见一排白浪翻开鱼群
铁青的山岬隔断了它们的去向
宽阔的海平面，座头鲸坦露着脊背
一座小型邮轮缓缓泊下铁锚
此时，仿佛有一口钟在控制着
大海的运行，时间恢复了它的寂静
我们之中有一部分人略显紧张
在暴雨来袭之前，早早撤回了岸上
而我还在等候一颗牡蛎，它紧紧地
吸附在海底某块冰凉的礁石上
它珍惜每一滴海水、每一粒沙子
有时候，还会从灵魂的出口涌出来
在寂静的海平面咬住一只水母的软体

2017 年 8 月

热烈不可温习

院子内一树梨花煞白
这寂寥的热烈呵不可温习
就像久别重逢的相会
有一瞬间，我以为我活在
一个重拾荣耀的年代
从黄昏璀璨的诗剧
截得了心灵臃肿的局部
暮色自此生成
天光掀开屋脊的鸟群
世界快速地聚拢
又在这煞白中穷尽
而夜间，有几只昆虫长啸
以示这难得的孤冷中
有星空溢出清辉一片
有一天，我与造景师

在这梨树下相遇
他提笔绘出梨花的煞白
我展开一卷信札
此时，银河偏向千里青冈
宇宙被它的钨丝点亮

2017 年 6 月

出暑记

旧堤坝向西，一路蜿蜒。
毒日暴晒多日，坝身
随处可见块状的盐白。
上面，布满的细密裂纹，
像多余的神经，在缠绕。
从它裂开的缺口侧沿，
濒死的藤蔓，逐一垂下。
它们中有些仍挂着花束，
未及盛开，即已凋零，
如缩小的墓冢浑然天成。

坝坪上，青草留着薄径，
防护林换了别的颜色。
光线侧漏中，绿荫加重，
似乎随时要向铁塔铺展。
掩映其间的水闸斑驳，
人工骨架如屋宇拱出。
而在堤岸徒拐处，江面
豁然，仿佛天际已凿开。
在这新启用的视角里，
穹顶有接近正午的虹吸。

随后，骤雨将奔袭而来，
一只醉心的蝉埋首其中。

彭公镇此时正待出暑，
燠热的江风也饱蘸雨意。
码头上人流凌乱折返，
四周崛起，又重新归拢。
而远景仍缥缈，失序的
船群有别稀落的鸥鸟。
或许江底有畅行的乌青，
退化的鱼鳞被卵石擦亮。

2017 年 7 月

用陡峭换取梦境的开阔

记得波德莱尔说过："要看透一个诗人的灵魂，就必须在他的作品中搜寻那些最常出现的词。这样的词汇透露出是什么让他心驰神往。"在施茂盛的诗中，会经常出现这样的词汇：案头、诱饵、小鱼儿、湖面、池荷、尘灰、天空等，也就是说，他善于写轻盈之诗——不仅表现在诗意上，也表现在诗句的柔和、安静与干净上。这独特的诗学风格既显露了一个南方诗人的秉性，恐怕也跟他向往佛道的心性有关。他的诗在典雅、纯净的样态里拥有着灵透，而日常词汇的运用又让我们对诗人有着当代性的察觉。同时，他非常在意语言的质地，他有时候会让语言在柔软里拥有支撑，比如："炊烟贴着青草的筋骨，/将身子拉直。"有了筋骨，青草就有了硬朗的感觉。说到底，他几乎开拓了一个以佛意渗透的诗学的新向度。

以我对施茂盛的了解，他是一个有着复杂心思的诗人——那来自对世事多舛的历经以及对炎凉人心的体察。本来，从存在诗学的角度推测，他应该是一位诗路驳杂的诗人，而事实上，他却走着简约的路子。通览诗人近年的诗作，我们有一个发现，他的诗歌题目大多非常简短，多用两字或三字题；在有的篇章里，干脆弃去标题而总以"乌有乡笔记"为题，整个诗写只有《游唱在呼伦贝尔的脊背上》超过了10个汉字。他宁愿冒单调之嫌，也要信守自己的偏爱。而他的诗句更是追求着不枝不蔓的简洁。

生存的悖谬理应是一位当代成熟的诗人展示的主题，施茂盛自然也不例外。在《醒来》这首诗里，他就呈示了鸟与人的争宠或扮相："鹁鸪。斑鸠。黄鹂。画眉/个个都漆上了人的模样/它们，也是这座小院的心脏"，本来，这些鸟都是人的宠物，或展示美丽，或展示歌喉。而它们却要漆上人的模样，成为小院的心脏，让人相形见绌，真是对人类人性沦丧的绝妙的讽喻。他还是一位隐逸的诗人。作为一位直面复杂事务、满目世事沧桑的诗人，很容易陷入"现实"而不能自拔，让现实掩没了诗。而施茂盛予以高度的警觉。他在致友人信里曾经说过："我宁愿只为我的国家写诗，而不去做这个国家的诗人。"可见他的清醒。在对世事的洞察里，他似乎是在避开相互的厮杀，活出一个生命世界里的和谐。因而在诗学选择上，他会避免对现实的直接处理，或者说他宁愿绕过眼前，远离时事，而走一条曲隐之路。即便在侧重于客观外在物事呈现的《他乡集》里，诗人也做了尽可能多的"隐匿"，在凝重的语调里，荡开悠远的诗意。在表达沉重的主题里，也会如此，我们看《吹拂》这首诗：

> 秋风破。偏向暮晚的谷仓无遮无拦。两侧的
> 灯笼剜去了眼珠子，干瘪地衬在薄雾里吹拂
> 薄雾在松垮的衣袍里吹拂。枯枝穿过树林
> 长久留下阴影，在吹拂。青丘在吹拂。山冈在吹拂
> 抱着史书、骨瓮和鱼骸的江河一路向西，它们向西
> 吹拂。端坐草尖的静默的白塔在干涸，在吹拂
> 头顶上，姐妹们捧出裸体，看裸体被碧溪涨破
> 向远处吹拂。而，天穹被一颗一颗拔去木楔
> 在四处撒落的村庄的酣睡里，吹拂

村庄在吹拂，但它们永不再醒来
甚至有支运粮队伍，点亮每粒绝望的稻谷后
被埋在了地下，他们也不忘重新列队，向上吹拂

或许这是诗人在一个乡间的山冈，那是深秋，他看见的一切都是沉重的：谷仓无遮无拦，灯笼剜去了眼珠子，干瘪地衬在薄雾里；薄雾在松垮的衣袍里；白塔在干涸，裸体被碧溪涨破……而这一切，统领于一个意象"吹拂"，一切都变了，变得不可捉摸而无奈，甚至于是绝望，而在诗体上却又如此轻盈。不妨说，这首诗犹如一个噩梦——它在诗意的沉重里升华为诗艺凄美的飞翔。此刻，我想起蓝蓝曾经写过的一首《艾滋病村》，诗里也有一个中心意象：微风"瑟瑟作响"，它们几乎可以媲美。在施茂盛这一类诗里，我还有一个推想，以他的履历，应该耳闻目睹更多的乡村故事或史实。若走 90 年代诗歌的路径，他就会有很繁琐的叙述 / 叙事的诗句，而我们很少看见，可见诗人对于叙事报有足够的警醒。或者说，他对于事实做了最大限度的剔除，而仅仅留下稀薄的事相或语言层面上的沉淀。引用诗人自己的诗句就是"旷野被万物 / 消化得只剩三两座坟墓"——诗几乎也似入秋后的"旷野"那样疏朗而旷达了。

在《行乞》里，我们发现施茂盛拥有语言之中的神话性，或者说，靠语言营造神话的技艺：

我提着水桶里的如来四处乞讨
我欢快地去云端乞讨
水桶里装着雨水、游尘和自我散去的夜晚

夜晚储存的盐，微微有些发甜
它们更喜欢在我篮子里
化作一片汪洋，拼命跨出空宅的门槛

在这里，一切非常规的有悖常理的物象都积聚一起，如来佛纵然无处不在，在水桶里也觉意外；去云端乞讨绝非人之所为，水桶里能装着自我散去的夜晚吗？而这些意象在诗里则又让你于惊悚处无以辩驳，这的确是语言的功劳，也是诗人的高超本领。在随后写的《遥望》里，也有相似的表现：

我与一只坛子一起
拱出地面
然后，爬上墓碑
遥望我转身的背影挂在哪棵树梢
并为这个绝色的春天
贡献着怎样的断头之花

让人不解的是"我在这朵断头花下醒来"，接着，还有"这是你用去的牙床、头骨、膝盖 / 和奔跑的七窍 / 在晚餐后的桌子上一片

狼藉"，让你在荒诞的境遇里体味诗的蕴涵。但它们不是神话，不是寓言，而是诗的一个非常态，唯此才展示了诗的魅惑。在《诸鸟》里，我们几乎察觉了诗人的"泛神"情结：他能够约鹁鸪、斑鸠、雉鸡、黄鹂、画眉还有苍鹭、朱鹮、白鹤、鸬鹚、鹈鹕等诸多的鸟类，"率白头翁、山杜鹃和仁慈的佛法僧"来到这人间"撒欢，互授飞翔术"，化却恩怨，"将习得的手艺／毕恭毕敬传给路人"。在这里，诗人体现了一个劝善与众生普度的佛家精髓，因而才有了如果他们今年还来，"我乐意为他们脱下／洗尽的七窍，剔透的肋骨／借给他们做／生儿育女的窝，做生死长眠的坟场"的情怀。

赋予自然万物以灵魂，而让人反而显得渺小，是诗人阔大胸怀的昭示。在《无题1》里，施茂盛就想象了"傍晚的犀牛沉入西塘／窗棂上的西塘，一团剪影幻觉那么大"的宏大气象。看见一只鸵鸟跨下旋转楼梯，"自愿陷进时间的圈套"；而"睡莲是用来蓄一湖幽魂的／木樨是用来治愈秋天的／龙葵和乌桕，像是它们自己发明的宗教"。

在这里，所有的生命与非生命都是那么通灵而强大，唯有人类——"你仍在昨日的领带里将薄薄的身子扣紧"，纵是便士般大小的斑鸠和鹧鸪，"早晨我还与它在鸟笼里周旋"；故而，诗人向人类发出了祈求与善良的呼唤：把鸟笼披在身上吧，"我们搬到它们的明天里去聚个小会"，说到底，唯有向自然与一切生灵靠近、施善才有人类的未来。

施茂盛有着极强的想象力与转换力，他为想象的赋形有时候让你惊异之余，也愈加佩服其语言结构能力。在《无题2》这首小诗里，诗人把午后的迷幻想象成"一尾游荡在前世的小鱼儿"，而且展示得栩栩如生、惟妙惟肖：

她在抵达之前
先将我轻轻一触
一触，我便退回光影里的原形

加上后面诗句里的"故国的残骸""两畔的万寿果"等意象，诗又一次跌进幽眇的佛境里。且有纯净的语言、淡薄的寓意，让这首诗几近完美。在《无题4》里，我们同样看到了诗人赋形的才能。这首诗有两个关键意象：孤坟，湖面上。前者显然是为了追念过世不久的父亲。而让人惊奇的是后者——孤坟怎么会出现在那里？我揣测，那一定是诗人对老人的思念之深、痛苦至极而产生的幻觉：一个老人孤独到茫茫村野犹如漂浮在浩淼的湖面！可贵的是，诗人能够抓住这一幻觉而展开诗的写作，在回忆、梦幻与想象里让诗意沛然地流淌。这首诗显然也有佛意的浸透，那便是白鹤这个意象的贯穿："白天唯有一只白鹤在此游荡"，"一个反身太极拳里的白鹤"，"十一岁的姑姑／昨夜抱着游荡在身体里的白鹤"。这首诗也体现了诗人生存的苦痛与佛心的交混。不妨说，诗与人生、信仰如此水乳交融般天然联系在一起是多么合乎情理呵。在《无题6》里，那在瓢虫、豌豆、壁虎以及桃花中间的想象与转换更是让人眼花缭乱、击节叫好。

一个诗人的感觉的敏锐与否几乎决定了他的诗的内涵与质地的

好坏，也是其诗写水准高下的关键所在。阅读中我们就发现施茂盛的感觉极其细致而敏捷，以至于抵达了"错觉"的边界。他曾得意地写道："在清晨的栅栏上遇见错觉里的光影 // 我的错觉里 / 远景深处的湖面上奔跑着明媚的尘埃"。在很多诗篇里，他甚至能够凭借错觉构成一首完美的诗，这不是所有的诗人都能够企及的。

我猜测，诗人一定浸淫于古诗词中太久，所以一些意象才会信手拈来，而可贵的是他能让古旧的意象浮现新意的外，这不失为一个诗学功夫。同样，诗人在感受与诗的转换中也表现出微妙的技艺。在《南方志》里，就看得出来：

> 月光，一朵更比一朵肥硕
> 在淮河以南的枝头
> 饲养奔跑的犀牛。

在这一节里，诗人给我们两个实象：月光、枝头；两个喻象：花朵、犀牛；加上肥硕与饲养，把"淮河以南的"夜描绘得丰满、安静而又灵动。而在第二节里，诗人又展示了极大的想象力和暗示："我已隐隐感到 / 邻省，某条大河在韵脚里涨潮 / 发甜的小水电站 / 跌倒在，蓑衣人的深喉"——他其实是在说：大河的涌涨溢满了诗意，而小水电站在跌落之中，四周都是雨雾。但诗人偏偏不明说，仅靠"在韵脚里"与"跌倒在，蓑衣人的深喉"就渲染得淋漓尽致！

施茂盛不耽于凡常的阐述，他总会让诗置于一个阔大的背景或悠远的视域里，从而营造着淡淡的意境。在《无题3》这首诗里，从天幕、时间、风暴、湖面这几个词里，你就能领略一二了：

> 一只蝴蝶标本用时间的别针钉在天幕
>
> 一座蝴蝶形风暴
> 它的缺口在另外一个更深的地方
>
> 风暴中央安谧的湖面上
> 一群天鹅将椭圆形身体从镜头里取回

难得的是，在如此的背影里让一只蝴蝶穿梭其中，引发了颇多深邃、细微而又回环往复的想象，从而使得一首诗形象丰满、细腻而又富有张力，让一次诗写趋于完美。

在阅读中，我们不时地会发现诗人抒情的诗句，这在当下充斥冷漠反讽、追求语言的零度的诗坛颇为珍贵，而他又不屑于那种单薄的、肤浅的抒情，比如："麻雀的卑微是多么的干净啊"，"哦，这是多么仁慈的因果律"，"一束光影里，小鱼儿的玄思是多么巨大呵"——我们能够说，诗人在以博大的情怀追求着抒情的厚度与重量。

但凡成熟的诗人，都会把社会万象作远距离窥探，而不搬至眼前与身边，最终让诗留下散淡的语象。施茂盛亦是如此，乃至于形成其恒久的诗学特征。因而，传说、故事、戏剧、梦想，甚至于沉思成为入诗的缘由就成为自然而然的技艺了。他的《张生记》给我留下深刻的印象。这首诗似乎取材于戏剧——是越剧《西厢记》给诗人的划痕吧？在这里，我看见了原本就带有臆想意味的"脱胎野狐"，如聊斋之中的女妖，而"雨水和/四壁的虚白"更添加了诡秘的色调，这也确定了本诗的基调。同时，这首诗用字又十分干净，极好地体现了他恬淡的诗风。

一个优秀的诗人，缘于对身边物事绝妙的感受，继而就相应地产生了绝妙的喻象。在他的诗篇里这样的诗句比比皆是："身旁的麻雀在自造的空中飞，越飞越硬/仿佛是我们灵魂的一颗颗羞愧的补丁"，"铜镜中，他曾种下的一支火焰"。同样，在绝妙的感受里，诗人也作了巧妙的变形——这几乎也是现代诗重要的技艺之一，在《聆听七人唱诗班唱诗》里他写道：

> 他们一共七人，各自负责一副墨绿嗓子
> 练习啼鸣
>
> 他们用体内钨铁的喑哑
> 交换教室外桃林深处一桶清水的悲恸

墨绿的嗓子、桃林与清水的悲恸的嵌合给人以更多的联想，这样的句子也让我们对于现代汉语有了更多的期待与惊喜，这其实也是诗人能够做到的对于语言的一份贡献。一如布鲁诺·舒尔茨在《现实的神话》中所说："在诗人手中，语言，某种程度上，抵达了其潜在真义的感官层面，它在确保与自身法则一致的条件下本能而自由地发展，并重新获得其完整性。"

施茂盛以诗论诗的句子并不多，而在《无题 5》里居然发现了：

> 一次天花板上的长途旅行
> 抵达的目的地是陌生人的梦境

一个孤独的人长久地望着天花板，慢慢地，进入了陌生人的梦境——那不就是诗人的白日梦吗？这几乎就是诗人绝妙的俗常写照了。下文里还有"中途，遇见一只纯正的乌鸫"的句子，让我们联想到史蒂文斯的《观察乌鸫的十三种方式》，这个意象，施茂盛一定会非常熟悉。接下来，诗人看见了"时间自桶的窟窿里喷涌出来的内脏"与远处教堂的屋顶——知悉施茂盛诗歌征候的人，大约都会想到，他最擅长的主题就是时间与宗教——这首诗其实也是其诗学的自我展示。更让人惊喜的是，诗人在这里披露了其诗写秘密，那便是："用陡峭换取所有梦境的开阔"——这的确是施茂盛诗写的特色，他的修辞以及语言都有"陡峭"的风格，而文风与蕴涵的开阔更是不言而喻！从这个意义上说，这首诗可以是诗人的得意之作，也几乎是瓦莱里所谓的"上帝赐给你第一句，你要完成以后的九句"的完美版本。总览施茂盛近年的写作，我们看到，他在对繁杂世事、人心的感悟之中赋予了佛心的观照，因而让诗拥有了某种通透与轻盈，而在技艺上遵从了"他被他所经历所描写的世界紧紧抓住，就像上帝被他的造物紧紧抓住一样"（卡夫卡）的诗训，规避了一切人为的技巧，从而写就了他精彩的他乡的"神曲"！

（节录自《他乡的"神曲"》）

杨政

当代诗人、出版人。祖籍江苏，1968 年出生于上海。1985 年考入四川大学中文系。其诗歌作品兼具现代与传统，坚守诗意与思想，在语言、意象、音乐性和哲理的精深方面开辟了现代汉语诗新的向度，多年来他宁愿让自己的创作处于潜伏和隐藏的状态，将"表达之难"作为自己的主题，并将之推衍得饱满、酣畅而有力。已故诗人张枣称赞他是"黑夜的密语者，也是诗人中的诗人"；诗歌评论家唐晓渡称其诗作"其思如霞云，用笔似刻刀"；诗人吕德安评论杨政的写作："他甚至同时还是受到蛊惑的尤利西斯，在诗行里将自己推向某种歌唱的盲点：幽暗而虚无，充满风险和造化。"诗人杨炼称其为"具有自己独特面目与声音的独一无二的诗人"。

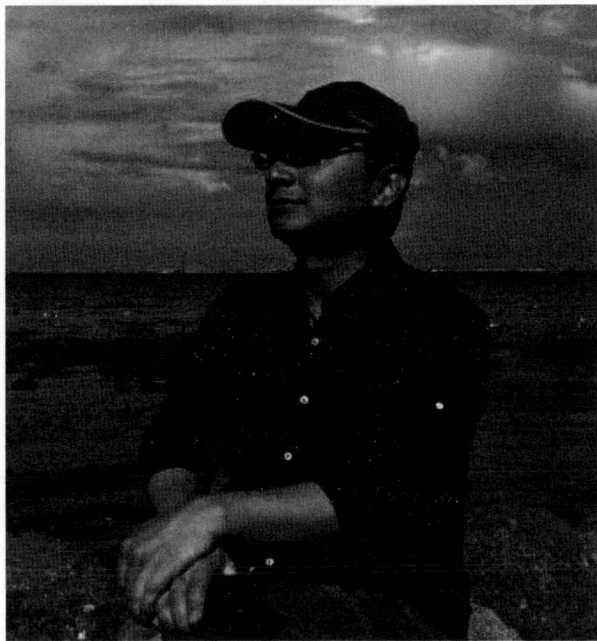

代表作（10首） ───────────────

小纸人红玉

小纸人红玉今宵在哪里？
猖狂的西风带你远去

来不及温习自己的姓和名
没有未来也没有往昔

谁会是那个可怜的人
给你知识与激情

让你投身傲慢的人世
学做俏丽机灵的女孩子

可是今宵我为你揪心
你飞向了幸福还是冤孽？

谁会是那个可怜的人
去年中秋曾牵引你

走出清白跨进了游戏
小纸人红玉你可记得我？

我原是一页鲁莽的形体
被另一只手牵着来到这里

1989　福州

七哀①（组诗）

水 头

今夜，抖开它厚重的湿被窝
我来入眠，一缕幽光映现
手掌上的岁月，浑身酸涩的

水头②，已是我的末途了，海湾
圆圆，宛如东海一只浅显的肚脐
星月俱无，闭上今生今世的眼睑

水头，你是我探出海面的懵懂的
脑勺，被季风梳理得光光，还在
费力聆听来自内陆低处的哀哭

已迅疾掠过！惊起几绺乌发
并立遥望黑夜高高飘拂的裙裾
透出此刻的白皙，我摊开双手

双手都是腐朽，东海，可是
谁能有一张足够的嘴来喝干
你锅中的汤汁，使我免为鱼鳖？

① 七哀作为一种乐府新题，起于汉末，七是言哀之多，
非定数。
② 水头：地名，在福建南安，东海之滨。

大 水

大水汤汤，出于西天，昆仑
东海欲吮吸你翻搅不定的
长舌，送来那隔夜的荒凉

峰峦耸峙，白虎①吞吐的月晕
烘炙着今夕不眠的昆仑，双手
捧出一座神思恍惚的天堂，我的

碌碌前缘！早化作一抹烟霭
却升腾于今夕，成为我眼眸间
唯一的阴翳，回头望不见古月

夭者，借一段鱼腹吹胀了东海
滞涩的胃囊，泥沙俱下，今生
为人，呜呼，转世当作龟鼋

大水汩汩，踯躅东方，昆仑
我是你奔走的牛马，肝胆摧绝
何处是你卓立的千年皓首？

① 白虎为瑞兽。汉纬书《孝经援神契》："德至鸟兽，
白虎见。"白虎又是天之四灵（苍龙、白虎、朱雀、玄武）
之一，为守西方之神。《淮南子·天文篇》："西方金也，
其神为太白，其兽白虎。"白虎亦为星名，是西方七宿（奎、
娄、胃、昴、毕、觜、参）总称，这七星形如虎状，即西
方白虎星座。白虎是古代巴人（廪君之后）的祖先和图腾。
《后汉书·南蛮西南夷列传》载："廪君死，魂魄世为白虎。"

那 风①

那风，钻入东海腥腻的青衿
头枕着白浪高高，放眼皆是
今夜的枯涩，引来惺忪的鳖眼

乜斜浪花堆砌的瞬息天堂
轻轻，游弋于此生的哈欠与踌躇
那风，吾祖叫你欢头②，一只

快捷的探险禽兽，恰从东海的
乳间升起它茫然的蒙古人面
命定流窜远方，去找寻悲悯的

彼岸，犹带一脸颓废的蜡黄
欢头，你是吾祖狂热且不祥的
前额，离乡背井，只为了

碰撞眉头紧拧的来世，出没于
骇浪惊涛，年年，锅鼎苦闷
汤汁蒸腾，你被承诺的全部人生！

① 风，亦为中国最古老的姓氏。据《帝王世纪》和《竹
书纪年》记载，上古三皇五帝之首的伏羲氏之父燧人氏就
是风姓，伏羲氏随父姓风，妻子女娲氏亦随夫姓风。
② 见《山海经·大荒南经》："欢头，人面鸟喙，有翼，食
海中鱼，杖翼而行"。

噫吁

噫吁，巨腕高擎起西南，不见
它那苍凉的头皮，上面
有我衮衮诸公，皆尽长卧安息

大水分崩逃逸，敞开中央的
锅底，烟霭蒸蒸，烹制出
一束灿烂五谷，喂你咕咕肠胃

山鬼，我欲追觅你斑斓的肉身
借你的唇复活今夜的苍穹，我欲
往你幼兽般的前襟烙下一片茫然

空虚！可是那粒稻壳遮掩了你

大梦起伏的腰腹？哪阵羚羊蹄碎
是你鹘然的心神正踊跃飞驰？

山鬼，我若是你向东升起的一根
羽翎，越巴山，涉大江，渡夔门
只为代替你向大海挥洒一滴清泪！

1989—1991

灯 笼

红灯笼，黄灯笼，昔日的小灯笼
竹骨、纸脸、蜡烛心

张灯结彩的今夕，你们手挽手
照亮我和她七年前的游戏

七年前的今夕，长街落满繁星
我和她相会在欢宴的西楼

饮下这杯！她笑我痴迷又畏惧
饮下这杯！我爱她如花的笑靥

空中忽然奏响奇异虚幻的锣鼓
狂妄的无常走上了巡游的路

我那小鬼的心，抖开饥渴的羽翎
那时，我怎知这是一颗善变的心

红灯笼旁边挂着黄灯笼
狂欢的背后躲着迷惘的额头

青衫飞上天，朱裙碾成灰
一阵风吹残了今夕的宴席

红灯笼，黄灯笼，昔日的小灯笼
手挽手，站在时代的睡梦中

一个玲珑富贵，一个秀雅清贫
一阵风吹瞎你们相思的傻眼睛

1990 年 5 月　福州

黄 昏

啊，喧腾的坚毅的美酒，告别大地的禁忌
天空倾斜的胃怎能抑制你的飞翔
飞翔吧，成长的泡沫！飞翔吧，迸溅的自我！

颠倒的黄昏正褪下她火热的罗裙，我爱她
松软的暗香，我的长眼细腰的美女
她幽闭的子宫中涨起羞耻而妙曼的圆月

自由的手啊，请深入这愤怒的潮水去挽回
一张废弃的脸，去打捞呛死的肺和破碎的心
在她欲火炎炎的胸怀间我曾有万种烦忧

枯焦而畏缩的小嘴，你寻找的是什么？
到昏迷中去吮吸密集的淙淙的乳房吧
到它浑圆的屋顶上，像梦幻天使那样讴歌

歌唱罪恶的普遍的美酒，我的黄昏姑娘！
它冲开了不朽的死亡——天空那发炎的杯子
奔向我慵倦的舌头，奔向你往日的床榻！

1990 年 5 月　福州

傀儡之歌

小玩意儿，跳过又闹
刚扮侏儒，又演长老

仿佛这根粗笨的绳索
束缚了你淘气的自我

是我整天冥想苦思
费心雕刻和琢磨

给你个活泼的人样
外加粒小小的头脑

里面装进空洞的知识
一些佝偻，一些狂躁

教会你天大的戏法
跳高、鞠躬和演说

当年我也眉目如画
一曲红绡不知数

时代需要翻新的把戏
师傅放我世上为人

从此开始烦心的劳作
既为名誉，又为财物

怎比这块俏皮的木头
红裳绿袄，算盘大刀

乖乖，你若突出了自我
岂能不拘一格地生活？

1991　福州

哈姆雷特（生与死的独白）

如若夜莺啼啭的月只是一堆灰
如若傻傻的奥菲莉娅死了我的死
而我还须一死，多么虚幻的真实
命运就是你是你，但现在还不是

对于活，活一天不如说死掉一天
对于死，死从活的第一天便开始死
这些牵连的轻盈的对立面，仿佛
黑夜踮起脚尖悄悄逃开滚烫的自己

那个絮叨的魂魄，他正活着他的死
又来叮咛后死者刻不容缓的救急
复仇像个焦灼的空影，等待我去附体
生存还是毁灭，仍是值得探究的问题

我究竟要杀死生，还是杀死死？
既然把我镶进了那个死结局，那么
让我的死暂且逗留在我的生里

2010 年 9 月 27 日　北京

致朱丽叶

这些迷乱来自夏夜纷扰的流萤，撩动迷迭香那轻盈的神经质
我正巧瞥见更像你的你，蹙着眉，嗅刚在露珠中还魂的丹桂
维罗纳像神醉生梦死的假面，而我是他嘴角飘过的某个揶揄
平原一无是处地匍匐在月亮下方，远处奔来肝脑涂地的马驹
朱丽叶，在你美不胜收的花窗下，我啊，我已变得多么像我

我但愿是你的飞鸟！那个越来越陌生，越来越尖锐的小东西
它脱开我刺向绯红的天际，乱云遮蔽的星辰是神难言的宿疾
看，这个被判死的人，他爱着，爱上了爱，爱上爱你的自己

朝向你的双手，像被月光憋痛的蔷薇，请紧握这朵灼热的灰
朱丽叶，你的花窗是神的行刑地，奋身跃入异香飘摇的宿命

2011 年 10 月　意大利锡耶纳
2012 年 5 月　北京

近作选

酒
——知我者谓我心忧，不知我者谓我何求

我的昨日之躯已化为醴渣，我加入我时正把他抛下
我在远方喂我，却有另一个更孤峭的我等在更远处
存在飘渺得像个空舞，我像热顶着一朵不确定的火
那个空舞盛装过灿烂的血肉，虚月照临，各样翻踅
废墟般摊开内热的心，于此潴留的只是无尽的穿梭

幽深里，我像极了我，在明灭的姿影面前丧魂落魄
我活过吗？活在了仙乡何处？这绝壁般孤悬的流水
正摆渡着风声鹤唳，时间背后，万物相拥于一张纸
我满噙所有的破碎，幽魂一样饮下落花流水的自己
血脉中遽立起万古月光，向我击出它嵯峨的流星锤

2014 年 4 月 30 日　北京

忆南京

喇叭、细作、孤儿子、风中的碎纸片
那是我唯一的城垣，松滑、不切实际

仿佛为记忆所生，瓦砾上摇晃的野雏菊
噙着不属于它的露滴，那是我的，有关
未来的玄机，一天比一天沁暗了月影

1990 年，卫岗，81 路车吐出春天和我
还不够吗，都还在呼吸，生活在前进
归鸿声断残云碧——子虚君还在吊假嗓
小柏老师说，这些内心的小声音，至多
把斑鸠变鸽子，不如到废诗里砥砺天气

于是，农大楼顶，一席酒直接摆到末世
钱谦益扪着侯公子的背，贤弟，且望气
时局是一把乱牌，这草长莺飞的江南啊
农时稼穑祭祀方是天，觑不破就是死门
金陵黯淡，残照里，瞧钟山泣血的死样

吃！打横作陪的体育老师，夹来素鸡
今晚我睡他的铺，他漏夜奔赴某个密约
我总狐疑，他是来自小柏诗中的人造人
夕光将他隆起的臂膀与远山勾成重峦
这是那年最硬也最软的景象，我的俊友

望气？而我正望见骨头缝里刮起的风暴
摇撼四肢百骸的空痛，沦为时间的痼疾
当暮云退无可退，风真会念动它的魔咒？
且看他们挤在一隅，挖坑，填土，焚迹
牧斋，吃酒！失色的江山正好用来颓废

小柏长亭相送。一切皆遥远，小心烛火
此书信两封，万不得已去投少秋、世平
分秒都是现场，时代需要叙事而非抒情
变生肘腋最恨环佩空归，活着，活下去！
禄口机场，不知所终的航班，开始登机

2014 年 9 月 27 日　北京

水碾河

1
到水碾河去。几只风筝排饵般钓着燕子
春天尾随我，一朵闲云已兀自给它加冕

空气有牛轧糖的暧昧，包藏浓稠的祸心
那些络绎在未来的我们，正集中地返回

撅屁股的摄影师，像某个神圣的狙击手
被驱赶的花朵后面，真有孤独的牧羊人？

我骑一辆破自行车，闯入冒烟的取景器
咬牙奋力踩一程，轮胎就呸地泄一口气

刚为生活甩几滴泪珠，又多长两根髭须
那谁，天天给世界过磅，惊险的守恒律

所以需要空心的梦，风筝忽然澎湃不已
我回头望，后座上清癯的小柏平静如水

2
那是1987，十字路口工人阶级凌虚而立
祖国倡导花好月圆，红油火锅浓香飘溢

喇叭声咽，张蔷的小调宛如四溅的锯屑
工人日报门口，有人秘密兜售万能钥匙

钟老师在练习啼啭，云雀是他的假想敌
他日夜勘测，每个汉字必对应一块墓碑

取景器里，委蛇而来一辆瘪胎的自行车
那个出生入死的人，蹬踩快锈死的轮回

他 19 岁的负重之旅啊，挥汗如雨的缁衣
正被我们反穿，来自明天的人面面相觑

意义是多余的分量，那谁，便紧拧重眉
我回头望，后座上清癯的小柏去向不明

2015 年 2 月 7 日　成都—北京

注：水碾河，成都市一地名，原十字路口有男女工人的塑
像，基座是个巨大的圆形。诗人钟鸣曾供职的四川工人报
社及宿舍便坐落附近，是 80 年代诗人聚会的重要据点之
一，也是作者学生时代常去的地方。小柏即诗人柏桦。

上海之歌

我们在浦东的观景台上瞭望记忆，外滩
冷不丁来个白鹤亮翅，一朵行云即刻旋翻
在环球金融中心上空，像谁抛给未来一顶
藏私的帽子，每个昂脸的消逝者都在嘀咕
是否，云端上的我，是自己长不大的儿子？

"看不见从前的样子了"，小胡的嗫嚅随即
被江风剪径，"侬还记得那个夜晚吗？ 1974"
远远绕开的彗星，曳着幻灭在某个幽深里
狡黠地闪着，我像被个尖锐的阴险狠狠螫了
好假的真痛啊！ 1974？我果真就在大上海？

我说的，是被眼下这个壮阔的胖子替换的
那个干部，正襟危坐，戴着万有引力之镣
背景里零落着暮云的抽屉，被掏尽的天光
无力地流泻，气数还在消耗着隐身的狐狸
南京路上卡车张牙舞爪，咚咚锣掀翻新天地

弄堂拒绝了人民广场，此刻它被哭声灌满！
透过门缝，缥索垂梁，老妪怀中冰冷的女儿
幽灵鸟迅疾掠过！天空，巨大的黄色琥珀
死亡像一只苍蝇，在所有方向上寻找缺口
我心神呆滞，看见小胡雏菊般摇曳的小脸

"侬，喜欢穿小军装，会唱杨子荣打虎上山
我问侬，那辰光我对侬尕好，侬做啥欺负我？"
真相总荒诞不经，血统与标签的食物链里
姓胡的都是猪头三，你家有胡传魁和胡汉山
小胡咯咯喘笑：风水轮流转，如今到我家了

那个夜晚胀满热风，小胡听我讲蜀山和火车
然后吮着小手指，想她和我匪夷所思的未来
上海，却在悄悄漂移，向着深淼的星光之途
我们注定会偷渡到另一个自己，留下漂亮的
表姐在崇明岛哭泣，她怀上了计划外的八月

2015 年 8 月 20 日　北京

苍 蝇
　　时间是所有的礼物 ——威廉·布莱克

1
它纹丝不动，过于纯洁，克制着身上精微的花园
小小的躯体胀满皓月，负痛的翩翅嘤嘤鸣响
那被我们耗尽的夏天还在它的复眼中熊熊炽烧
它多么像一只苍蝇啊！太袖珍的魂魄正嘘吐风暴

2
这只苍蝇急着打开自己，打开体内萧索的乡关
在物种子遗的虚症中颤簌，谁在精挑细选我们？
嵯岈之国，一件粉腻的亵衣飘落，人，裸露
瞧那皓月，是圆满也是污点！我们都是不洁的

3
1988 年，筠连县的落木柔，我生吞了一只苍蝇
杀猪席上苗族书记举杯为号，土烧应声掀翻僻壤
它如一粒黝黑的子弹，无声地贯入我年轻的腑脏
从此我们痛着，猜着，看谁会先离开这场飨宴

4
时辰到了，青春已束装，开花的器官憋着灼烫
火车，为我们撕开大地的锦绸，过秦岭，渡黄河
乌云的胖子一路挥手，抽离的肉身裹满霞光万道
前方就是应许之地？我们只在脏的时候彼此相拥

5
夏天砰地坠地，血肉灿烂，亡命的青衫飞过
虚空泻下如血的哑默，淹埋了世间万物的沟壑
啊，我的玩伴，腹诽的厌世者，被早早褫夺光阴
在水深火热中充盈如蚌病，我们已互换了人生

6
都不是真的！折扇上一叶水墨的醉舟忽然醒了
溃水松开一声欸乃：咿呀！活着就是忍受飘零
而我，果真是微茫里那个斜眉入鬓的断肠人？
灯影下一只苍蝇倒伏，隐身的江山在赫然滴血

2016 年 3 月 1 日　北京

注：落木柔，地名，位于四川省筠连县，云贵川交汇处的
苗族山乡，1988 年作者大学时期来此采风。

午夜的乒乓球

钟鸣后，我出现，龋齿般清脆
叮咚着弦外之音，暗夜之门敞开

道路即命运，寂静鼠须般警惕
星河倒悬，嘿，时空那浩大迷宫！

抿着乌云的巧克力，信手击出
呼嘭，呼嘭！自外于我的声音

像执拗的牙髓病，痛才是本质
挂在时间上，各种对立统一的肉

往者不可追，哎，何必步步紧逼
我总慢上一步，好吞我失血的命

呼嘭，呼嘭！多么绚烂的多样性
可沉默的辩证法说：是，总是非

梦一路落荒，踯立在别的梦里滴汗
痛吗，梦中人，为何连痛也不痛？

我还活着吗，我可不算厌世者
大地啊，我是大地唯一的悲秋者！

呼嘭，呼嘭！谁是执著的击球手
暗夜煽它的小情绪，未来的火灾

还在桃花源，小心酝酿更稠的糖心
鹰眼下，蹁跹着丰腴的大地牧歌

呼嘭，呼嘭！肥胖而纯洁的旋转
越沉重就越充盈，这不伦的眩晕

憋着矛盾律，我从没多长一片肉，
加速度，令我在酸甜苦辣里失重

呼嘭，呼嘭！别喂我吃虚无的伴奏
去！宁可死，别让我一路呕吐

2013 年 6 月 1 日　北京

当我从牛皮信封中抽出杨政先生这本书《苍蝇》，我想起《Le tout nouveau testament》（《超新约全书》）中的一句台词："每个人心里都有一支歌，你的歌是'La rappel des oiseaux'。"这句话是"上帝的女儿"以雅对让·克劳德说的，后者年轻时曾是一位意气风发的冒险家。这部诗选，封面是醇厚的黑，中心藏书票尺寸的版画上，中世纪风格的苍蝇翅翼精美、纤毫毕现，仿佛金色框中的振翅欲飞的标本。

如果将人生比作音乐是因为它们具有单行线、跌宕起伏的共通点，那么，一部诗选应该更乐意被比作一部电影：丰满、深邃、基调鲜明、在一两个小时间反刍阅尽沧桑的沉凝与达观，并且允许留白和开放式结尾。在这部书里，我看到一个矛盾丛生的时代，一颗冲破藩篱的执着之心，几位惺惺相惜的挚友知音，一堆尚未被充分开发的手稿——没错，这部电影叫《The Man Who Knew Infinity》（《知无涯者》）。

一、夜色模式下月相谱的多重曝光：

《苍蝇》是隐遁的，所以从黑夜的毛细脉络中吸收能量；《苍蝇》又是野性的，所以沉溺于月色的圣洁与狂暴。诡谲多变的黑夜与月亮意象，仿佛一串临时令牌，它们将你引向一个《Moonrise Kingdom》（《月升王国》），出场的孩童必然散发着与稚气面孔不相称的冷静与老练，一切荒诞有着植根于古老渊源的必然，一切物件散发特定年代的迷人光泽。这里，每种物质通过作者的语义系统被重新命名，在行文的仪式中被授予第二重身份：在特质坐标上轻微摇摆、徘徊于某个区间附近的概率学特质，及作为指向作者昔日之密钥的唯一性。

"夜"与"月"在文本内外，皆存在无法破解的"正相关"：在文艺作品中二者的纠缠不清，并非"夜"作为"月"及诸多昼隐夜显星体总集这一现实带来了某种从属关系，而是相似的成形肌理，是它们在默契于作者风格频段这一点上达成了奇妙的一致：夜的内敛与涩滞，月的反射与冷感，总在某种情感和格调下不期而遇。当二者成为能量的燃料和传说的缘起，便蕴化出诸多邪恶、阴冷和动荡的深层联系。黑夜沦为吸血鬼的避难所 [电影《Dracula》（《惊情四百年》），《Only Lovers Left Alive》（唯爱永生）]，而月亮则被塑造为狼人变身的触发器 [电影《Underworld》（《黑夜传说》），《Van Heking》（《范海辛》）]。

杨政的笔下，夜是具有普遍治愈系意义的遮罩和香膏，也是创伤记忆的痛楚温床。正如绵延不尽的极昼带来焦躁、边界失控、加速的衰老和无所遁形的罪恶感，[电影《Insomnia》（《白夜追凶》）]，长夜则是阴郁发源的摇篮："我摇晃着奔向漆黑的栅栏……任泪水割开我愚钝的器官"（《酒中曲》），是能量冻结的时段："在潮湿的楼梯口……从此到夜空下去环绕僵死的光明"（《月光曲》），是晦暗不明的心象："它向世界扭过模糊的脸 / 去狂妄的黑暗背后睡觉"（《小白杨》），是镜花水月的地界："芙蓉树下坐着新鬼 / 白衣、飘发、楚楚可怜"（《暑夜》）。

在《夜曲》中，月亮（上帝视角："宇宙幽暗的大脑涨起红色的记忆"）——城市（先知视角："城市睁大闪烁的，吃惊的眼睛／它看见头顶那只盘旋的耳朵在聆听"）——孩子（朝圣者视角："小孩子，你也彻夜不眠，伏窗远眺"）形成互为榫卯的铁三角结构，恰似电影《Zoom》（《变焦》）中的"因果死链"：Edward 是 Emma 漫画中的人物，Michelle 是 Edward 导演电影中的角色，而 Emma 则是 Michelle 小说中的主人公……多次元的隔绝、共生与掣肘，潘洛斯阶梯式梦魇呈现为巴别塔寓言的各行其是。

而"大海"则是"月亮"的灵媒或信息载体："大海袒着松软、暴戾的胸脯，仿佛梦的祭坛，泛金的双乳轻声吟唱：∥'啊，匍匐的浮尸，谁家的新郎／是可怕的未来揉碎了你的心肠？'"正如月球引力决定潮汐周期，月亮俯瞰众生的"权力"，或者说能量与真知，通过水的递质被他方所感知。这里的"浮尸"让人想起电影《Life of Pi》（《少年派的奇幻漂流》）中酷似人形的"食人岛"（一说象征宇宙之海上漂浮的毗湿奴），由此引出白昼风景绝美夜晚强酸上涌的淡水湖——毗湿奴的肚脐（生出莲花），有趣的是杨政的诗中也巧妙营造了肚脐的意象："海湾圆圆，宛如东海一只浅显的肚脐／星月俱无，闭上今生今世的眼睑"（《七哀》），"上面有我衮衮诸公，皆尽长卧安息"则与食人岛上立身而望的狐朦成为珠联璧合的对仗：繁衍——毁灭，苏生——沉睡，芬芳——腐臭，因月亮而感应，被月亮所赋形，《夜曲》的星型拓扑结构展示了单极性和多重分形的特征。

与通常和威望、力量、恒定、男权关联的太阳相对，月亮因其清冷、神秘、盈虚无常，时常被用作阴性、虚幻、病态、邪恶、善变、凉薄的符号。在电影《Artificial Intelligence》（《人工智能》）中，"月亮升起"是令众多 mechas 望风披靡的警报。夜色山岳后陡然涌现的庞大月亮形热气球象征以光明为借口的杀戮（人类对威胁到自己地位的机器人大行屠戮）直击月光空洞、虚张声势的一面，而妖异感十足的《Goodnight Moon》（《晚安月亮》《杀死比尔2》片尾曲）则是在铺陈月亮的邪魅与暗调。在杨政的诗中我们看到这样的句子：

  A."黑夜里漂浮着亘古的空虚，月牙儿泪光闪闪"（《星星》）——柔绰、虚妄、悲忧之符号

  B."她幽闭的子宫中涨起羞耻而妙曼的圆月"（《黄昏》）——温情、惬意、完满之符号

  C."峰峦耸峙，白虎吞吐的月晕烘烤着今夕不眠的昆仑"（《大水》）——荒寂、磨难、自然伟力之符号

  D."一枚蓬松的月亮，那柔弱的芒刺，却将蛰伏的脸儿蛰伤"（《海岛之夜》）——荏弱、变通、暧昧之符号

  E."如若夜莺啼啭的月只是一堆灰"（《哈姆雷特》）——幻象、莫测、空无之符号

  F."血脉中遽立起万古月光，向我击出它嵯峨的流星锤"（《酒》）——恒久、神力、时空重叠之符号

随机抽样可见，除 C 与 F 之月亮符号体现出正向特征，均体现出与情绪、力量、状态、存在连续性方面的负向特质。杨政对月亮符

号学精髓的发掘是彻底而多视角的，通常带着海绵式的彻底浸入，这也使"月光"缥缈性与窒息感同在，将角色锢囚在嬗变的仓促与永恒的微茫之间，但他们所获得的是复眼成像多光场系统所输送的宇宙点阵拼图，这又是何等的殊荣和智慧？

二、文本经纬间的传送门

A. 相似体转场

> 听啊，激情的音乐
> 隆隆滚动的空气
> 穿透窗棂，撕裂人心
> 仿佛茫茫黑夜
> 传来浩瀚的铁蹄
> 那是炸响的胸膛
> 一个新世纪的前奏曲
> （《前奏》）

同是窗外的声响，从"激情的音乐"和"隆隆滚动的空气"到"浩瀚的铁蹄"，同具有暴烈、动荡、血脉贲张的特质，一莲托生的两种符号贯通衔接，宛然天成，实现了颇具说服力的时空透视，从能量平稳的第一主体延伸向更加具有扩张性、爆发力的第二主体，在时序性、象征性上同步深化，引向无声的运化与变革。

比照：电影《stoker》（《斯托克》）中英迪亚给母亲梳头的镜头，妮可·基德曼的金发渐次幽暗，最终过渡到英迪亚与父亲狩猎时风中匍匐的野草，同样的葳蕤与延展，不同的绵柔与粗犷、隐忍与奔放，将密闭空间桥接向作为出口的杀戮暗示。

B. 章节式转场

> 第一夜，风渐渐紧了，鸦翅飘满四野
> 漆黑的孩子，用哭声搜刮大地的丰腴
> 第二夜，一束无来由的光，猩猩般蹿跳
> 白昼，漂浮在微茫上一座孤独的白房子
> ……
> 第十二夜，宿醉揪着他，呕出心中灿烂的侏儒
> （《第十二夜》）

页码式的数字标签，给叙事提供物理分行外的逻辑秩序，仿佛色样，在地图成形之前早已将海拔、水系、地貌与植被划分完毕。边界的清晰化阻断了相互晕染的可能，将权重的游标由诗性移向戏剧性，凸显出精细的刻纸特征。

比照：《The Grand Budapest Hotel》（布达佩斯大饭店）

中每部分开始的提示文字："古斯塔夫先生""德斯格·乌·特斯夫人""第 19 号检查哨拘留所""十字钥匙结社""第二份遗嘱的复本"，以中心人物或物件为题，火车车厢般古板而井然有序，一切似乎在移轴摄影的镜头下：袖珍感、微距感、无法逃脱的宿命陀螺感由此而生。

C. 挡黑镜头转场

> 直到那条苍白的绳索
> 引领我去生活
> 我是个迷人的小木偶
>
> 啊，高高的帷幕下面
> 潜伏着一只虚荣的巨手
> 它在向时光的女王敬礼！
>
> 当宇宙的铁幕关闭
> 谁曾经是我？一个妄想
> 一个伪装成舞蹈的幻影
> （《小木偶》）

"高高的帷幕"和"宇宙的铁幕"两次挡黑，主体由"小木偶"切换到"虚荣的巨手"再到"曾经的我的幻影"，实际是"镜像"——"征象"——"虚像"的转换。这样的转场相当于以幻入幻、梦中有梦的套叠，赋予了文本稀薄、通透的材质。

比照：《The Devil Wears Prada》（《穿 Prada 的女王》）中安德利亚在街道上行走，每有交通工具遮挡就换装一次，仿佛一系列时尚蜕变，也是其从不谙世事走向成熟的象征。与这部电影走马灯式的切换浮雕的充沛"物质质地"相反，杨政的诗中"灵魂感"满溢，亦真亦幻的切换、杂沓的背景噪音，将主体衬托得更加孤寂、洁净与纯美。

D. 空镜头

> 大水汤汤，出于西天，昆仑
> 东海欲吮吸你翻搅不定的
> 长舌，送来那隔夜的荒凉
>
> 峰峦耸峙，白虎吞吐的月晕
> 烘烤着今夕不眠的昆仑
> ……
> （《大水》）

月升西岭，江海翻腾——何等粗犷而蛮荒！原始的符号冲刷、打磨原始的情愫——"我的碌碌前缘"。刚性的山与月，需要以柔性符号缓冲与调和: 于是出现了"烟霭""阴翳"……此处空镜头是"古月""夭者""千年皓首"转场向"今生"的过渡,印证了因缘所在与岁月之绵延不朽。

比照:《The Revenant》(《荒野猎人》),诸多辽阔、广袤、壮丽的广角风景镜头用以提现人类面对自然强力的渺小、弱势和举步维艰。二者都是极致壮美的自然精致,不同在于,前者的"风月无边"是人类的见证,后者的"林壑尤美"却是英雄的顽敌。在《苍蝇》中,杨政对自然的立场是兼容的、共鸣的、"君子之交淡如水"的,所以诗中少了杀伐而多了圆融,是一种大智慧。

三、蒙太奇年代仪式感的复兴与失落

A. 对比蒙太奇

> 一个眼大,一个眼亮
> 一个无知,一个在观察
> ……
> 我读书、写字和思索
> 从此走进冗长的形象
>
> 你浇灌荨麻与葵花
> 学习他们植物的心肠
> (《呆子欧阳》)

人类的孤独本质是一个古老的哲学命题。人与人的生存轨迹即使偶有交汇,大部分时候犹如百里光缆,彼此以保护层和绝缘层为界平行延伸,由此生发的叙事无不有着等宽的截面和类同的流速,当它们处于不断拉近的镜头中,这些运河的沿途景致便成了并向驰骋的观照:一对默片质地下的"胶质系"和"纤维系"人物,开始吐绽它们各自的光彩与气息。

比照:电影《An Inspector Calls》(《罪恶之家》):一边是万念俱灰饮毒自杀的伊娃,一边是发现侦探所述自杀女孩的故事是"虚惊一场"而疯狂庆祝的比尔林一家。片刻之前的错愕、沉痛、幡然醒悟、追悔莫及,其实是出于比尔林一家对伊娃死去对家族带来非议的恐惧,而非对己身罪孽的批判与忏悔。事实是,伊娃的自杀才是双方出现深度交集的唯一可能,除此便是势利、倨傲、无情的平行。

《Bridge of Spies》(《间谍之桥》):同为敌方间谍/作战人员,美苏的对待方式却有着天壤之别,彼此形成反差,这是现象的平行。而深层的平行存在于这场互为杠杆的多极博弈的浑浊湍流之下:即律师 Donovan 捍卫自身价值体系(顶着多方压力,践行国家责任、职业责任和家庭责任的大无畏者)的艰险之途上,已选之路与未选之路(罗伯特·弗罗斯特语)的平行。

《One Day》(《一天》)中,德克斯特和艾玛的生活总是不同步,他占尽风光时她跌到低谷，她光鲜靓丽时他颓唐失意，冷暖间插，二人始终保持的柏拉图式关系呈现出的这种平行，有一种淡淡的造物弄人之感。

杨政的《呆子欧阳》使用一种"虚拟第三人"的纪录片手法，仿佛将并行二人的一生置于正对面的两个车座上，检视他们的平静与明媚，以一种播报式的中立、淡然触碰他们的丰富与缺憾。易忽视的细节被放在绿色油漆的刻度板上，歪歪扭扭的童年字迹正是这一干净构图不时浮现的画外音。

B. 比喻式蒙太奇

> 这只苍蝇急着打开自己，打开体内萧索的乡关
> 在物种孑遗的虚症中颤簌，谁在精挑细选我们？
> 嵯岈之国，一件粉腻的亵衣飘落，人，裸露
> 瞧那皓月，是圆满也是污点！我们都是不洁的
> （《苍蝇》）

在杨政的笔下，"苍蝇"是时间的冷峻的解构者（"那被我们耗尽的夏天还在它的复眼中熊熊炽烧"），也是自我信奉的破除者（"这只苍蝇急着打开自己，打开体内萧索的乡关"），进而是入世的警示者（"它如一颗黝黑的子弹，无声地贯入我年轻的腑脏"），最终成为洞察与瞻瞩的自决者（"灯影下一只苍蝇倒伏，隐身的江山在赫然滴血"），这是微缩胶卷式的变焦旁观与黑色自嘲，其隐喻深度也达到了悲剧的极致。

比照: 电影《The Curious Case of Benjamin Button》(《返老还童》)，中的"蜂鸟"，具有堪称造物灵髓的身体结构、可以倒飞的蜂鸟，作为面容布满褶皱、佝偻的老人出生的本杰明，在歧视与自卑的泥沼中生命光彩渐生、逐层打开命运存蓄的青春可能，在最好的年华与爱人重逢⋯⋯ 手法类似的还有电影《Birdman》（《鸟人》）中的陨星，和电影《stoker》（《斯托克》）中的蜘蛛。

C. 闪回式蒙太奇

> 你本是条打滚的虫
> 混沌粗糙，稀里糊涂
>
> 某夜突然开动脑筋
> 迷梦里被妄想选中
>
> 才有了今世的新生
> 飞来飞往，高雅逍遥
> （《螟蛾》）

"螟蛾"一生譬如蜉蝣，朝生暮死，划过的生命轨迹投影在世

界幕布上，不过是短促的、蜗牛足腺式的线段。然而在其个体的平面，五脏俱全，过往、现世与未来泾渭分明，仿佛极低视点看来，绵毛水苏叶面的茸毛也有风吹草低、白浪壮阔的时刻。这样的"闪回"更像一种个人成像的多层剥离，慢速摄影的技法，直逼万物波粒二象性的辩证本质。

比照：《Mad Max: Fury Road》（《疯狂的麦克斯4:狂暴之路》）中麦克斯的多次回忆：自己挚爱而痛失的妻女。与杨政《螟蛾》的时间赋值相对，废土题材倾向于空间赋值，将情节的发展限制在特定空间（比如与世隔绝的帝国、绿洲、幸存族群聚居地等），此种蒙太奇一方面在时空上是"不接壤"的，即"物是人非"，闪回情景与当前场景在背景上是非连续的、恍如隔世的，从而激发一种普遍的哀恸。

D. 杂耍蒙太奇

钟鸣后，我出现，龋齿般清脆
叮咚着弦外之音，暗夜之门敞开

道路即命运，寂静鼠须般警惕
星河倒悬，嘿，时空那浩大迷宫！
……
像执拗的牙髓病，痛才是本质
挂在时间上，各种对立统一的肉
……
梦一路落荒，踽立在别的梦里滴汗
痛吗，梦中人，为何连痛也不痛？
（《午夜的乒乓球》）

此段既是将现世人物、景观、物体与形而上的命名法、声响、意识穿插编织的"杂耍蒙太奇"，也是具有逻辑鱼骨和时长提示音的意识流。理智的间植模式下隐蔽的荒诞与洒逸、定向回溯与随机闪传，才是这首柔板之作真实的趣旨所在：仿佛充斥规律性的发送声中，天空那狂放不羁、色调殊异、令人目眩的烟火。

比照：电影《Birdman》（《鸟人》），主人公在舞台上开枪后的一组蒙太奇：蜘蛛侠、钢铁侠、变形金刚、鼓手等舞台角色，空房间，演员休息室，海鸥群集的沙滩……酷似虚晃一招的洗牌动作，众多场景反复叠加之间，寓藏机杼设计者对隐显两种结局分支的暗示，这是《Now You See Me》（《惊天魔盗团》）中的扑克技法，是投向歧途与正解（两者本质存在互置、互文关系）间观众的连体双饵。

E. 交叉蒙太奇

明月照沟渠，我是住在你身上的无数个陌生人
瞧，借尸还魂的酒，还叼着前生啜饮它的红唇
浓雾里滚动的娃娃脸，漾起米汤般黏稠的渺远

布偶切开热腹掏出一把小弟，替他们描眉打粉

火：鄙人属于半成品，还在速成班上苦修烧灰

（《十三不靠》）

此诗"明月""我""浓雾""布偶""火"正是德罗斯特效应中链条或同心圆状无限扩展的镜像迷宫，步步为营，虚实莫辨。它们间唯一的关联是一种此消彼长、你朔我晦的离子键（与共价键相对）式松散结构。但这低饱和的呓语式场景交错而成的格调却位于同一条情感等势线上：陌生、死亡、遥远、模糊、毁灭，彼此是如此类同而隔绝，仿佛若干滴不浸润液体落在同一块玻璃上。

比照：电影《Pulp Fiction》（《低俗小说》）"Vicent 和 Marsellus 的妻子""The Bonnie Situation""The Bonnie Situation"的莫比乌斯环，在强大的表面张力下，或者说在天演小剧场傀儡提线不自知的牵引下，互为表里、主配对换、遇弱则强的角色网套逐渐收紧，浮世欲望与罪恶的皮相便溃退萎靡，显出几分虎头燕领、伏犀贯顶的骨韵。

类似的多线叙事还见于《Babel》（《巴别塔》）、《Cloud Atlas》（《云图》）等。

四、符号：信仰的简笔或意义的鹰犬

就创作章法而论，在贯穿一生的前行、变迁与拓荒中，如何进行运筹帷幄的"城市规划"尤显智慧，塞纳区长官奥斯曼主持的巴黎改建、巴西建筑师科斯塔担纲的巴西利亚 Lúcio 建设便是大局理念的典范。相比长诗而言，短诗具有更明快的周期交替和更隐秘的中轴线，如何将盘中骊珠天衣无缝穿起？

电影《Far and Away》（《大地雄心》）中俄克拉荷马草原上策马圈地的场景便是这一"参数配置"行为的具象化——无论你对未来的土地怀有何等的热忱与激昂、期冀与眷恋，不甚情愿，而负责任地为它们确定边界，便是它们为你繁育出果实与作物、从而确立权力与归属双向契约的预设条件。对于诗来说，更密集的片区设定意味着更精密的演算和更铤而走险的布局，也倒逼作者制定出一种放之众诗而皆准的度量衡系统，以凝合各种恣意纵横蔓延的诗性可能。在《苍蝇》中，这种凝合剂便是无处不在的"符号"。

作为具象物体的神性分身，符号以"图腾""纹章""家徽"乃至现代 VI 的形体，标记存在属性共通点的人与物的某种集合：横向的类比集合或纵向的序列集合。《苍蝇》中大致有四类符号：

A. 气象 & 气候符号

《风》《大雨》《秋天》《暑夜》《炎夏》《雪》……

气象在电影中一般承载着某种表现、激发或映衬的使命：

（1）灾难的传令官：《The day after tomorrow》（《后天》）

中的暴风雨；《2012》中的冰雹；《Interstellar》（《星际穿越》）中的大沙暴。

（2）心音的扬声筒：《The Shawshank Redemption》（《肖申克的救赎》）中安迪逃出监狱张开双臂拥抱自由之暴雨。

（3）情境的助兴物：《The Matrix Revolutions》（《黑客帝国3：矩阵革命》）中尼奥与特工史密斯雨幕下的巅峰对决，《Kill Bill: Vol. 1》（《杀死比尔1》）中女主角与石井玉莲雪地一战。

（4）奇迹的投机方：《The Age of Adaline》（《时空尽头的恋人》）中的闪电击中阿戴琳后，她便停止了衰老进程。然后却陷入不断改换身份流离失所、不断被死亡夺走亲友与爱人的恶性循环之中；《Daredevil》（《夜魔侠》）中失明的马特借助雨滴落下的声响感知伊莱莎的面容。

诗集中的气象映射不仅囊括以上分类，更身兼：

（5）进程的加速器："一夜的大雨撕开了我的皮肤/蹲在墙根下，有时我如此厌倦"（《大雨》）。

（6）性格的塑形师："许多年/我等待着它们/在高岗上/在田野里/我的头发成了风的形状/我的草帽/插翅欲飞"（《风》）。

（7）价值的提纯剂："看那浩大的白/根本不是白，而是白的原教旨/把世界的白逐出世界，让白回到白"（《雪》）。

B. 角色符号

《小木偶》《死孩子》《奥赛罗》《小丑》《迷途的孩子》《小纸人红玉》《孩子与苦行僧》《呆子欧阳》《傀儡之歌》《哈姆雷特》（三首）《致朱丽叶》《给爱德琳的诗》……

可归类为：

（1）受制者符号：小丑、木偶、傀儡是禁锢、操控、戏弄、轻贱的典型客体，在文学艺术作品中或是某种软弱人格或孤绝窘境的赋形，或遁世、娱世，或横行于世的面具。

《Lili Marleen》（《莉莉玛莲》）中维莉拖着虚弱之躯、身不由己站在舞台上时，与众多身陷战争漩涡的军官、战士、各领域专家、文艺工作者一样，她扁平化为符号——时代的二维码，二战全景的快捷方式。

（2）索引者符号："呆""迷途""死"……

以修饰语为中心词下判词，先入为主的色彩记号标明了行文的走向，以"一剑霜寒十四州"之势斩除可能的解读旁支，与其说是一种主观权力的贯穿，不如说是类似将托运提箱贴上"易碎品"的关注与珍惜。此类修饰语命名的电影有《Inglourious Basterds》（《无耻混蛋》）、《A Beautiful Mind》（《美丽心灵》）、《Brave Heart》（《勇敢的心》）等。

（3）回魂者符号：即托借文学作品中的虚构人物进行复现、演绎、会照、寄情、警世、颠覆……

符号由物体、个体乃至群体所提炼，有时是明指，有时是隐喻、有时又是反讽。名字、代号、昵称、诨名也是符号之一。《Wiener-Dog》（《腊肠狗》）中，这只外形驯良、慵懒的狗曾被不同转手者冠以两个怪异的名字："Doodie"（便便）和"Cancer"（癌症），本质上是这些临时"主人"内心灰暗、颓废、玩世不恭的投射，呈现黑色幽默式讽喻效果。《Sea of Trees》（《青木原树海》）中，亚瑟"自杀圣地"遇到的日本人拓海，告诉亚瑟自己的妻子叫 kiiro，而女儿叫 fuyu，后来亚瑟才得知，kiiro 在日语中是"黄色"而"fuyu"是冬季，正是他亡妻最爱的颜色和季节，而他却一直疏于倾听和了解。拓海可以视作一个作为拯救者的幻象，打开了亚瑟的心结。与血相关的符号（武器）对于人类的意义是宗教式的，比如《Hacksaw Ridge》（《血战钢锯岭》）中男主角军医戴斯蒙德不愿触碰的步枪，比如电影《Crouching Tiger, Hidden Dragon》（《卧虎藏龙》）中的青冥剑，再比如杨政的《箭》：

　　　　第一秒，我若无其事的前额摩挲着
　　　　生活光滑的绸面，另一秒，我转过头
　　　　她皎洁的脸刚好像花朵装饰了我的沉默
　　　　最后一秒钟，疼痛的宿命早已预先把我揪住……
　　　　（《箭》）

　　"箭"是死亡的神圣法器，是记忆的一次触发性回溯，更是一种献祭式的自我洞穿。
　　其实，无论是步枪、剑或是箭，不在手中而在心中，一切都是人类内心暴烈、突破、毁灭欲的投射。拯救的责任与能力，在"超我"之中，更在看破与看尽、独立于时光尽头的割舍之中。

　　C. 动植物符号
　　《蝉》《樱桃》《蔷薇》《螟蛾》《小白杨》《但丁的玫瑰》《水仙之恋》《麋鹿》《苍蝇》……
　　比照：《Adaptation》（《改编剧本》）中的水晶兰
　　《Avatar》（《阿凡达》）中的生命之树
　　《The Martian》（《火星救援》）中的土豆
　　杨政的诗题很少出现强势、冷酷、侵略性的生物符号，相反呈现出精微、雅致、清高、稍纵即逝的性质，但细品内蕴，往往又隐蕴着喷薄而出的力量，如《樱桃》中有"浑浊、酣畅的雷霆 / 金属沸腾着飞向呜咽的肺腑"，而《麋鹿》中有"神忽然猛拍我的脊 / 去吧，乌托邦！在缤纷的自我间必有一个真你"之句，可见这些题目更像一种收放技巧、一种类似曲颈瓶的通道设置，使意象和情绪得以缓慢蒸馏和释放。
　　"唯一即囚笼，所以，我动了与身份不符的恻隐 / 我以世界的样子创造你，这清风般通透的共居 / 听罢神的回答，我心有戚戚地昂起骆驼的脖颈"（《麋鹿》）。
　　正如《The Queen》（《女王》）中的角有十四叉的雄鹿，雍容、典雅、端庄，一种来自生命的开示，一种神性的灌注与呼应。不同的是，杨政笔下的鹿更具孤独与悲悯的内核，与他的三首《哈姆雷特》一样，是冥思中与己对谈的面影与结晶。

D. 地理符号

《塔头行》《海岛之夜》《芥茉坊之夜》《风过什刹海》《国子夜》《水碾河》《重庆之歌》《上海之歌》《桐梓林》……

比照：电影《The Barber of Siberia》（《西伯利亚理发师》）中的西伯利亚密林。

地理符号并非普适的，对于不同主体承载的千差万别的涵义和价值，正是它们的全息性所在：既有交叠的部分——公认的历史文化形象，又有如恒河之沙的众生交错的倏忽时空片段：当这些碎片在各色文学艺术作品中沉淀，便成为它风骨之上的撞色拼接大鳌。

仰角中的重庆（"攀登，无止歇的攀登！"）和俯瞰中的上海（"我们在浦东的观景台上瞭望记忆"）无疑形成了意义的对仗，当作者上行、下行、垂直、平行于这些城市平面时，他眼中自由开合的世界宛如《Doctor Strange》（《奇异博士》）中可肆意打散、卷曲、翻转的城市关节，沿着诗性行进的方向自然分开，不断开阔的前景中吹来的风几乎掀起读者的发帘，无声之处，尽显高妙。谈到"意义的对仗"，不能不提到电影《High-Rise》（《摩天大楼》）中的高层（贵族、精英、富翁）与低层（中产、工薪阶级、贫苦大众）之间的对立、争夺、渗透、周旋，情节的互为镜像使整片呈现漏斗式曲线，令观众在对手掌般五座大楼的视觉设计叹为观止时，也在恍惚中被这的本体与倒影的逐渐弥合所迷醉。

五、哲学的设色，几何的构图

电影《Nuovo cinema Paradiso》（《天堂电影院》）有着温融的蛋彩画色调，而《Equals》（《同等族群》）则是典型的北欧性冷淡风——饱满度介于白垩与象牙之间的白色主调。但正如书中不时跃入眼帘、颇具时代感的石版、木版画、黑白史料所暗示的，杨政整部书强调历史的线条感、层次感而非设色本身。因此他才在构图上精研细磨，以灰阶的递增、锐减、延续、休止作为文本的剪裁线，他宛如《The Dressmaker》（《裁缝》）中点石成金的提莉，洞悉与"体"匹配的最佳轮廓，于是有了书中种种令人耳目一新的构图：

A. 对称式构图

你虚构了这个哭泣的世界
一半冰凉，一半是火焰
（《小木偶》）

左手挽不回空空的昨夜

右手又满握今日的忧烦

（《塔头行》）

　　比照：《The Grand Budapest Hotel》（布达佩斯大饭店）自始至终的精密对称。

　　对称式构图具有营造威严、堂皇、均衡、稳定的功能，《小木偶》制造了一正一负"绝对值相等"的对偶意象，正所谓"水火既济"，这种对偶仿佛处于薄弱、瞬时的三相点，热一分成灰，冷一分冰封，呈现一种咄咄逼人的临界争锋之美。《塔头行》"往者不可谏，来者犹可追"式的对开式视角，沉郁与惘然展露无遗，同时也可洞察到空无之心的豁达与稳健。

　　B. 棋盘式构图

　　　　逃亡者的尸体溺满了薄如蝉翼的湖面
　　　　而夏日成熟的水莲还在坚冰下酣眠
　　　　（《给阿水的诗》）

　　比照：电影《Matrix》（《黑客帝国》）中停滞空中的子弹。
　　电影《Song Of The Sea》（《海洋之歌》）中记忆精灵的长发曲线。

　　C. 向心式构图

　　　　一个时代瞌睡了，蜷曲的夜空悬挂着轻佻的圆月
　　　　人们从妄想中抬起虚无肿胀的脸
　　　　（《月光曲》）

　　比照：《Life of Pi》（《少年派的奇幻漂流》）中密布的水母与筏子上的派。
　　《Stoker》（《斯托克》）中叔叔送给英迪亚的 17 双牛津鞋在床上围着她摆成一圈。
　　《Kubo and the Two Strings》（《久保与二弦琴》）中久保用纸折出的武士与蜘蛛大战一场，上帝视角中形成完美环形的围观人群。

　　D. 框架式构图

　　　　芥茉坊酒吧的小阳台，月色腻滑，人影薄脆
　　　　……
　　　　芥茉坊酒吧的小阳台，夜莺绣着花好月圆
　　　　瞧不见的云中君，在孤峭地甩着他浩渺的水袖
　　　　（《芥茉坊之夜》）

　　比照：电影《Crimson Peak》（《猩红山峰》）中随处可见的哥特式走廊、大厅、壁炉、电梯、镜子作为桎梏、陷阱、某种冥冥中注

定落幕章节的物化象征，以繁复、华丽、幽暗、尖锐、颓败的背景构图出现，将不谙世间险恶（以白色和浅色调服装为符号）的女主角包围其中，形成一种明晰而不冲突的反差。

《La leggenda del pianista sull' oceano》（《海上钢琴师》）中1900 除了一次试图走进繁华城市却跟从心声回到船上外，终生不曾再踏下轮船一步，直到与轮船一起灰飞烟灭。压倒性的内景几乎使框架式构图的审美考量成为全片的点金石：以钢琴为框架的 1900 的面庞，以船舱舷窗为框架的姑娘的侧脸，以形形色色走廊、舷梯为框架的各式角色的身影与神情……

与前者相比，《芥茉坊之夜》的大光圈、浅景深将整首诗浸泡在一种融洽、馥郁、柔情、澄澈的氛围中，而与后者颠沛、闭锁、自逐的"浮城"符号比较而言，这首诗呈现一种四平八稳的坦然气质，现世、此刻的沉醉与接纳，是一种"当下"的主张和确信。

杨政的《苍蝇》仿佛蒂姆·波顿《Miss Peregrine's Home for Peculiar Children》（《佩小姐的奇幻城堡》）中那无限循环的 24 小时，一个魔咒，一次救赎：活在里面的人会一直活下去，他们的记忆会不断自我重置。不断回到属于他们的岁月——历史的纷乱与丰饶，个体的青春与哀愁。他们永远能找到位于国子监或什刹海、芥茉坊或水碾河、重庆或南京的入口，找到那群热血洋溢、特立独行的同伴，重聚在属于他们和他们诗歌的时刻。但他们的灵魂却在不回头地向前走：那里奔流着每次循环所串成的时间长河，那里，他们成了春秋星霜最睿智不言的预言师和见证者。

Chinese 汉诗 Poetry

巡礼·海拔

Go on a pilgrimage · Elevation

在上升中敞开——海南诗歌和海拔诗群

符力 林森

海南十二人诗选

在上升中敞开——海南诗歌和海拔诗群

・符力 林森

海南远离大陆，地理环境特殊，岛外移民所带来的中原文化与海南本土文化互相碰撞，彼此交融，从而形成独特、丰富的人文景观。在新世纪开端以来的这十多年里，作为海南文化重要组成部分的海南诗人和海南诗歌，越来越有力地活跃着海南文坛，越来越突出地为当代中国诗歌的发展增添新能量。需要指出的是，这里的"海南诗人"，是与海南省作家协会诗歌创作委员会主编的《海拔》诗刊有一定联系的海南诗人的集合体，国内诗歌界把这个诗人集合体称之为"海拔诗群"。

"海拔诗群"的兴起

在最近的三十年里，读诗并且持续关注中国诗歌发展情况的人们基本上能看到这一点：海南"海拔诗群"的迅速兴起和"海南诗歌"影响力的日渐彰显，跟电子网络日益发达、中国诗歌现场不断升温的这个时代背景密不可分。面对时下的中国诗歌大潮，海南诗人和海南诗歌在上升的过程中敞开着自身。

自海南建省以来，一批又一批岛外作家、诗人先后踏上海南这片土地，加入海南文化创作队伍之中，由此而来的新的创作浪潮，激荡着整个海南文化氛围。1988年10月，台湾诗人罗门重回他的出生地——海南，在海南大学图书馆设"罗门、蓉子文学创作成果专柜"，与莘莘学子对话，跟文化界人士热切交流。1998年，评论家、诗人耿占春来海南开始新的工作生活；2004年3月，旅居荷兰达15年之久的朦胧诗人多多回国，受聘于海南大学文学院；2005年，诗人王小妮和诗人、评论家徐敬亚同时为海南大学文学院所聘任；此外，于坚、杨炼、王家新、翟永明、李亚伟、萧开愚和西川等诗人多次来海南会友，或参加各种学术研讨会……影响力非凡的当代诗人和评论家的到来，各种形式的诗歌活动的先后开展，使海南诗歌气温空前地上升了起来。

对此，耿占春在2004年2月1日的《海南日报》上发表了一个海南文化人的远见和美好期待："海南的自然环境优势已经为国内外的人们所认同，在这种自然环境的优越性之外，如果海南能够同时拥有更加重要的文化地位、更浓厚的文化氛围，海南才会真正成为人们安居的家园，它不仅是自然环境的乐园，也应该成为人们心灵所热爱的富有诗意和艺术的家园。"

2004年5月，南方出版社出版海南作协主编的"海拔诗丛"，集中推出李少君、孔见、卢炜、白然、艾子、纪少飞、纪少雄、远岸、黄海星、潘乙宁的个人诗歌专集。那是十年前海南青年诗人的一次集体亮相，更是海南诗歌创作上的一次重大的成果展，所推出的诗歌作品，显示了当时海南诗歌的海拔高度。随着海拔诗歌丛书进入市场，进入读者和评论界的视野，"海拔诗歌""海拔诗群"之称逐渐为中国诗歌界所知晓。

《海拔》诗刊的诞生

2006年6月，为了推动海南诗歌的发展，海南省作家协会诗歌创作委员会决定创办一份属于海南自己的诗歌刊物——《海拔》。

《海拔》诗刊不是一个诗歌流派的媒介，而是一个省份的诗歌和诗歌理论新作百花齐放的领地，是一个区域的日渐扩大的优秀诗歌数据库。因此，"海拔"不张扬自己的诗歌口号，不要求有固定的诗歌创作参与者，一切，都像海岸上的青草那样自然而然地生发着。因此，谈论《海拔》诗刊，就是在谈论《海拔》办刊的缘起、宗旨、主要成员和诗歌活动，也是在谈论整个海南省新近的诗歌创作成果和理论成果，以及海南诗歌作者的交流状况和海南诗歌传播工作的进展情况等等。

2006年10月22日首届"海拔诗歌"朗诵会在海南大学举行，极大地活跃了海南大学的校园诗歌氛围，也在一定程度上促进了海南省校园文学的发展。

2009年2月16日，由海南省委宣传部发起，省文联、省作家协会主办的"诗歌岛"计划及海南诗歌大奖赛正式启动，计划实施建立诗歌交流平台、举办诗歌大赛、开展群众性的诗歌交流和欣赏活动，将诗歌作为海南文学的一个生长点，营造浓烈的文化氛围，促进海南文学的整体繁荣和人文教育的普及，为诗情画意的海南岛增加人文内涵。那一年，《海拔》

诗刊改为季刊，仍属一份"内部交流"诗歌读本，但实际上已成长为立足海南、面向整个华文诗歌界的诗歌刊物。

值得一提的是，"海拔诗群"之称，最早见于《青年文学》（下半月）2006年12月"80后诗歌大展"专号。那是国内文学刊物第一次以专辑形式刊发海南青年诗人的诗作。那一次，集体展崭露头角的"80后"诗人有林森、王蔚文、陈亚冰、陈祖锦和阿伍，组稿推荐人是李少君。

青年诗人的崛起

时至今日，《海拔》诗刊已经坚持了11年，出刊24期。

在创刊以来的第三年，也就是2009年，《海拔》已成为集中海南新生代创作力量的中心性刊物，成为向岛外展示海南诗歌创作成果的一个敞开的窗口。2009年度，由中国作协创研部、中国诗歌研究中心、太阳鸟文学年选编辑委员会和《诗探索》编辑委员会等机构选编的《2009中国诗歌精选》《2009中国诗歌年选》《2009中国最佳诗歌》《2009中国年度诗歌》《中国当代汉诗年鉴》《2009文学中国》等年度诗歌选本共收入了海南13位诗人的50余首诗作，相对于2008年，海南诗人又获得了更为丰富的收成；2012年2月，《诗刊》（下半月）推出"海南诗人作品专辑"，收入14位海南诗人的30余首新作，显示了国家权威诗歌刊物对海南诗歌创作的关注程度。这在海南新诗史上尚属首次，这在海南建省以前是不可想象的。

对此，有人认为："以《海拔》为阵营，在外来的诗歌力量和海南本土诗歌群体的合力作用下，海南诗歌不但展露了新的气象，而且迅速融入全国诗歌浪潮当中，成为一股不可低估的新生力量，将当代中国诗歌推向新的、更为开阔的境地。"

在海拔诗群的壮大和海南诗歌的发展过程中，原海南作协副主席、《天涯》杂志主编李少君是公认的领军人物。他从1990年代中期就怀着极大的热忱，关注海南诗歌发展，组织海南诗歌活动，进而发现和推介青年诗人。蒋浩、江非、张伟栋等人先后移居海南，进一步促使"海南无意间成了中国当代汉语诗歌的一个重镇"，加大了海拔诗群的整体实力，促进了海南青年诗人的崛起。这就应了江非在2009年夏天的所言："由海南60、70、80、90后诗人共同组成的这个诗人群体，是中国诗歌现场上的毋庸置疑的生力军，其阵势必将不断壮大，其风采也必将更加迷人。"

在不断崛起的青年诗人群体中，1990年出生于海南儋州的陈不晚（陈有膑），读高三时就写下了这样一个短制："夜晚有你衣袖那么长 / 有你酒瓶那么深，还有你眼睛那么暗 / 你的衣袖这么长，那么多虱子 / 也跑不到边。你的酒瓶 / 这么深，那么多夜色也装不满 / 你的眼睛这么暗，那么多灯火也照不明"（《夜晚》），他习诗时间短，却能以简朴、纯正的语言传达自己对乡土的深切关怀："咔嚓——咔嚓—— / 不停地割草，割草 / 面前的草刚刚扑倒 / 身后的草又瞬间站起 / 渐渐地又覆盖了 / 父亲残损的墓碑 // 而此时，她的疯母亲 / 傻子般安静，幸福 / 呆坐在她父亲的坟前 / 披散着枯糙的长发 / 比这满坡的春草 / 更加地迅猛，繁茂（《故乡割草的少女》）"。他的诗，容易让人想起唐代诗人杜甫、李绅，想起那些体察民情、怜悯苍生的人们，他们的良心善意，在诗行里闪耀着不灭的光芒；比陈小晚小三岁的洪光越，在读高中时就痴迷于诗歌，且注重诗歌语言技艺的磨练，他的诗，开口朗诵，或者在纸质媒体上阅读，都能给人好感："我同样爱它 / 爱我们忠于的土地和粮食 / 正如爱我的情人 / 和爱 / 情人嘴唇内高温的语言"（《我和一只小鸟的奇遇》）；这两位"90后"诗人都有较为出众的语言悟性，他们的诗歌前途应不可限量。

在海南"80后"诗人中，身为"80后"小说家的林森，用小说也用诗歌来建立自己的文学版图，他有较为开阔的人文视野，注重诗歌细节，语言质朴、内敛而不乏灵动："在别处，春天永远不来。得回去 / 回到树枝比屋顶高、祠堂比庭院阔气的地方 / 回到那条瘦水的南岸，回到坟茔与清风之间……得看着两个没满一岁的小侄女 / 吹着摔坏的小喇叭，闻她们身上醉人的奶香"；王蔚文是林森的同乡，"80后"，有家族文脉传承，大学期间曾和林森等人主编诗歌民刊《本纪》，他的不少作品把着眼点落在自然景象上，通过自然景物来映照诗人自由、舒展而明朗的内心，并流露出对秘密空间的神往："雨下在山林的空地上 / 下在不知何处传来的鸟兽声里 / 那儿有某人站在一棵瘦铄的古树下 / 抬头仰望着天，像远行的麋鹿在享受阳光"（《山雨》）；颜小烟是海南本土"80后"女诗人的优秀代表，一如云霞平铺天上，又似雨帘垂挂窗前，她的诗意来得自然而又熨帖："它们的影子斜斜地划过天空 / ……这些静默的影子 / 常常无端地长出一些细碎的胡子 / 密密麻麻，遍地成林 // 如同一段无法设防的相思 / 在某个温柔绵长的午后 / 寂然地开满了你碧绿的窗台"（《飞鸟的影子》）。她这些年的诗作，更多的是以细腻而婉约的笔触，如丝如缕地呈现一颗柔情之心的多愁善感，语言轻灵，情意缠绵。当然，她有待成熟，也有待深刻而锐利。

海拔诗群中较为出众的"80后""90后"诗人还有十几位，这里就不一一列举了；已经成为海南诗歌中坚力量的"70后"诗人，诸如江非、张伟栋、蒋浩、邹旭、蔡根谈（花枪）、贾冬阳、瑛之、艾子、符力等人，各走各的路子，各有各的诗艺风格，他们和其他诗人一道，正在提升海南诗歌的海拔高度，也正在敞开这座南方海岛迷人的文学领地。

张伟栋

张伟栋，生于1979年，曾就读于中国人民大学，获文学博士学位，现为海南师范大学文学院副教授，曾获北大未名诗歌奖，刘丽安诗歌奖，胡适首部诗集奖。

诗三首

断 句

六月，太阳在室内如漩涡，
我抱着空调救命，也恍如梦中。

隐 喻

我偶尔的失望是未能在田野上长大成人
而是模拟了尖塔的形式
这时童年的燕子仍在我的脑海
不再是闪电的样子
而是柳枝上的雨滴。

蝴 蝶

蝴蝶的属性是神学
但你可以从它身上拔出小小的钉子
和白色的欲望
但你必须在它身上找到一个子夜的玻璃房

你必须看到你自己正穿过动物的水闸
你必须是神学所厌弃的那个人

在蝴蝶中，始终有一座教堂
始终有一个你，误解这唯美的深意。

衣米一

衣米一，女，诗人，画家，湖北人，著有诗集《无处安放》《衣米一诗歌100》。

诗二首

比利时

听说比利时
阳光灿烂的日子
屈指可数
那里总是
云越堆越厚
雨越下越多
在我居住的地方
想起比利时这个国家
那么小，那么湿
那么遥远
在那里，我没有一个熟悉的人
如果我写一封信寄去
那信就会带着雨的味道
消失不见

萤火虫

小时候，能够发亮的虫子
我都以为是萤火虫
满天的星星，我都以为是萤火虫

如今，看到发亮的事物
我就寻找它们与萤火虫的差异
就希望有一只萤火虫
住在那事物的身体里

小时候，我把萤火虫
装进玻璃瓶
于是，我走到哪里，它就亮到哪里
我走到哪里，就有一条光明的路延伸到哪里

如今，我在城里，满城灯火
也改变不了我喜欢坐在不明亮的位置
如今，我固执地认为
灵魂总是在不太明亮的地方出场
萤火虫总是在不太明亮的时候闪烁

邹旭

诗三首

邹旭，1973年生于湖北丹江口，大学开始习诗，作品入选高考语文试卷、央视"我们的节日·元宵"及多种年度选本；著作有《抬头看见月亮》《地方志》，现居海南海口。

归乡

野花像铃铛挤满回家的路
今夜，所有的路都在回家
所有的路都是绝路
是你，是故乡这杯毒酒
夺走了我的远方。当我发现
黎明和家还有一水之隔
忧怨的月亮前来摆渡
母亲，你从一堆待捣的衣服中直起身
迎向我，就像
一条大河截住她的细流

当榆树高过明月

当榆树高过明月
父亲坐在井栏边，弟弟和我
还有儿时的伙伴
都变得沉默寡言
有的低头抽烟。只有蛐蛐
不倦地鸣于四野
偶尔，我们也会抬起头
和不远处嚼着夜草的牛一起
透过被摘光了榆钱的枝叶间
目送一颗流星
匆忙地划过远山

秋

是我的望眼令天空如此高远
从稻草人指引的方向辨认故乡
一条山路在风中越飘越瘦
喝干牛蹄印里的水，牛车上的豆荚

迎来一阵爆裂的明亮掌声
把埋在胯间的头重又挪回肩膀
等候陨石雨的轮番洗礼
秋光剪齐了小溪两岸
从石榴忍住的笑声中，游子弯腰
拾起鸟阵掠过留下一片羽毛的暖
为着一个重逢的理由
我制造了今晚的星空
并且有勇气像一枚柿子
接受了霜的指点

李朴一 ｜ 李朴一，女，2002年生，现就读于海南澄
迈二中。

诗三首

死亡小姐

我们，都是想过要死去的孩子
我们极其脆弱并渴望关怀
希望在最后一片树叶落下的时候
能绽放出美丽的血之花
就像你一样，死亡小姐
你是我所憧憬成为的女人
你是那么的美丽
你的冰冷使我可以得到以一生为代价的冷静
你就像大麻一样使我上瘾

而我愿意做一个吸食大麻
最后变得疯癫的人
因为，我早已尝到了你那使人敬畏的美

小 巷

那是一条小巷
幽幽小巷
没有石板只有泥泞
我走在里面发现一枚钥匙
我把它拿在手中轻轻划过墙壁
发出的刺耳声音
就像曾有无数人在此迷失后觉悟的声音
小巷的尽头到了
天也黑了

雪花的快乐

假如我是一朵雪花
我会不受风的影响飘到你的身上
我会坚定自己的意志不迷失方向地飘到你的身上
我会不畏惧你身上的温度飘到你的身上
然后，轻轻落在你的肩头，融化掉
天空中曾有我落下的痕迹
你因温度而温暖的身躯里曾有我的足迹

符力

诗二首

符力，1970 年代生于海南万宁，中国作协会员，鲁迅文学院第十三届高研班学员，《海拔》诗刊编辑。著有个人诗集《奔跑的青草》，曾获 2012—2013 年度"海南文学双年奖（新人奖）"。

一个人消磨时光

雨夜归来，经过水洼、水洼、水洼
经过路灯光亮树影黑暗
又经过树影黑暗路灯光亮
街巷潮湿，暗夜漫长，但壶中有热水
现磨咖啡馨香。一个人消磨时光
不欢畅，也不比太平洋彻夜翻滚还悲伤

凤凰山下

晨光如此清透，仿佛去年岛上我俯身掬起的
古井之水。我为此感到惊奇
鸟鸣生凉意，梨子绿得恰似昨夜的梦境
——我突然叫了一声：喔！但我并不知道
所叫的是什么意思
从园子里出来，我和朋友们继续
交谈，走下白石阶梯，去街上吃早餐
我们心情爽快，笑声长着翅膀
——新的一天
身上黏附来历不明的风尘，却带着
书本和梨子的气味
如此美好的事情，除了晨光
无人注意

陈有膑

陈有膑，1990 年代生于海南儋州，诗作散见于《诗刊》《天涯》《诗歌月刊》等，著有诗集《水的罅隙》。

诗二首

我们只种植要命的玫瑰

当我们的唇与唇紧贴在一起
当我们的舌与舌交缠在一起
它们不是重复的镜中吻
是一场温柔的暴动
是一次激烈的革命
是一种神秘的创造
是一条河流交融了另一条河流
是一座山峰攀登了另一座山峰
我们继续亲吻
在河流里和山峰上寻找源头
我的唇渡过你的唇
我的舌攀上你的舌
我们真是一对勤劳但又执拗的劳动者
在战栗的心脏里
我们不种植充饥的粮食
我们只种植要命的玫瑰

新的一天

早晨醒来
我发现自己躺在床上
而不是棺材里
身旁的女人，鼾声轻微
这是新的一天，我们还活着
我双手在身上摸索

摸到下体的潮湿和胸膛的温暖
脑袋微眩，起床拉开窗帘
阳光像黄金砸窗而入
我的脸颊和眼睛一阵灿烂
黄金覆盖着我的女人
我不忍将她摇醒，这是新的一天
我从未发现我的女人
像今天这般地美丽动人

洪光越

诗一首

洪光越，1993年出生，海南澄迈人。作品散见于《诗刊》《天涯》等刊物及选本，辑有诗册《小丑》。毕业于东北林业大学。

晚 餐

鸽子又一次飞过塔尖
蜡烛刚刚点上，天还没有暗下来
我铺平一张旧的桌布
摆上瓷盘，细长的筷子
闪耀着银色的光
美丽的巫师，还在路上
她将穿过一片沼泽
如一只感伤的白鹤
敲开我的房门，我给她丰盛的晚餐
这和一年前，一位女画家
背着沉重的画具

穿过沼泽一样，那天
鸽子很早飞过塔尖
教堂的钟声，像隐秘的幽灵
她饮下一杯红酒
说死亡是一丛浓密的青草
美丽的人啊，你说死亡时
我背后有一阵火辣的孤独

陈波来

陈波来，1965 年生，原籍贵州，1987 年底迁居海南。已在《诗刊》《诗选刊》等百余家报刊上发表诗作。

诗二首

放下了

放下一块石头。放下石头一样
压在心上的楔形沉闷，放下
有病的想法。水要流，路要在四方走

放下习惯性的寄托，忘记我们
用了太多品质可疑的器皿
贮放俗常的滋味

放下一个人，她和一段
时光的亲昵
不过是一张叶子背后的狎戏

放下家国，也就放下越土逾疆的
负罪感。放下冬雪和冷，自此眼里
尽是春光里明媚的人

放下的石头最后回到
尘土飞扬的大地。你的被自己放下的
身体，要和石头一起飞

退 场

桃树一直在
一会儿灼灼桃花，一会儿青青桃子
一会儿桃叶蔽天
又一会儿落地
变着法子哄着谁的眼睛
隔山传来
拆迁的推土机轧轧声
也没让它哆嗦一下
一次次退场，又一次次进场的
反倒是风，是季候，是恬不知耻的人
我为之蒙羞，满脸
痛苦的尘垢
但让我自己也无法原谅自己的是
都什么时候了
我还想吃一个桃子再老去

王凡

诗二首

王凡，男，1970年代出生，海南省文昌市人。迄今已在《诗刊》《天涯》《诗选刊》《星星》等国内报刊发表诸多诗作。出版个人诗集《王凡诗选集》。现任文昌市文联主席，系海南省作协理事。

十月

十月　我看见
许多事物开始发生变化
比如河水会慢慢变色
草木会逐渐枯黄
树叶会落得越来越急
大地上风势会渐渐加大
一阵紧过一阵

如果世界是死寂的
你会清晰地听到
一片从高处坠落的树叶
发出的巨大轰鸣
响彻四方

郊外的早晨

在一棵树下我和阴影坐在一块
一缕光线穿透树叶的遮挡落在了地上
我看见一些房屋在远处的风里摇晃
风在什么时候吹过田野我不知道
远离了城市我准备关掉嘈杂的记忆
我只想在这些绿色的树林中间躺下来
片片云朵不时从我头顶上缓缓飘过
我隐约看到头顶上一片水发出的光芒
我真的不想再站起来

我默默地等待着一阵自然的风
让它吹乱我的头发和满地的落叶
纯净而又透明的郊外早晨
一颗晶莹的露水突然滴落在我的脸上

蔡根谈	蔡根谈，1978年生于海南文昌，曾用笔名花枪、唐煜然。作品发表于国内外各刊物及众多选本。2007年获首届"御鼎诗歌奖"，获《诗潮》"2014年度诗歌奖·新诗奖"，2014年参加《人民文学》"新浪潮"诗会。出版诗集《话话诗》。
诗二首	

人间已陌生

已经忘了故乡……野果的名字，泥土的味道
已经无法用方言来问候和祝福
这么多年了，人间陌生
谁还记得初次日升，最后一次月落
谁还能看清渐远的来路和灯火渐灭的归途？

全家福

原先是爷爷坐在中间，现在换成父亲
多少年后，那个位置就轮到我了
岁月流逝，人生的光和影，瞬间停留
让我们得以看见自己的出身和来历
一张又一张全家福，按顺序
夹在族谱泛黄的纸页间
就这样，我们一代又一代，坚强地活着

悲欢离合地活着，把日子一页一页地翻过去
逢年过节，低头烧香烛纸钱
感谢先祖，多亏了他们保佑
我们还算平安，只是他们传下来的谚语
渐渐测不准天气和人心了
他们定下的规矩，越来越无力了
其实，世间的事，他们都看得一清二楚
但总在高处笑而不语，有时候
看到我们太苦太累，或者误入歧途了
就以托梦的方式指引我们
一些简单的道理，久老的经验，寥寥几句
就让我们恍悟，山是山，水是水
天地乾坤，花开花落，冬去春来又一年
就这样循环轮回，生生不息
他们不说太多，总是点到为止，说完摇着扇子腾云而去
在另一个世界里，他们其乐融融，按辈分坐好站好
边聊家常边等下一代人到来，又继续拍一张全家福。

蒋浩

诗二首

蒋浩，1971年3月生于重庆潼南，先后在成都、北京、海南和乌鲁木齐等地做过报刊编辑、记者、图书装帧设计、大学教师等工作。编辑《新诗》丛刊。

洞背一夜
（给YY）

侧着身，迷迷糊糊地睡了。
我听见我的呼绕着我的脖颈，

向我索求一个蛇样的吸？

缺是补救。这墙布上蜡染的蓝花，
因朴实而艳，但不会有结果；
枕上喜鹊无声，却一直在叫。

我什么都缺，什么都想要。
我梦到这个缺用了一秒钟，
我梦到这一秒钟缺了五年。

雾从山脊和背脊中各抽出一丝凉气，
织就这树杈上蜿蜒的床单。啊，
亲爱的夜，微甜的黑，燃进咖啡里！

我饮下我看得见的两只拖鞋。
果皮寥落，穿在你身上，
像这星空给马峦山加了个灯罩。

桌上断电的笔记本折叠起来，
倾向于打开了一个反乌托邦：
插花歪着脖颈，把花瓶逼上墙。

我缺这里一觉，今晚补上了；
这里缺我一醒，我推了推窗，
浴室的花洒枯萎着，垂向楼下的狗窝。

给一位友人

> 远望可以当归。
> ——（宋）郭茂倩《乐府诗集》

原谅我，因为这首诗该你来写。
你，是我的诗人。
我们这时代那么少数几个

还活着的诗人。
但你失去了你的诗。
是瞬息之间，
是永远失去，
而不是把漫长的诗句
暂时地铸成了海韵，
被口衔橄榄枝的虎头鲸
通过这南海之南，
护送到遥远的阿卡洛伊德斯。
那里有一个泳池，
十年前我们一起裸泳时，
周围的灯全黑了。
星光照耀着我们的裸体，
也给诅咒她的人
和她诅咒的人擦洗着身子。
我们既不抱怨生活之恶，
也不赞颂诗歌之美，
喝着椰子水，穿过海口城，
尾随的月亮，像烟头，
被我们尿熄在沙滩上。
海像这苦闷早晨的一个出口，
看起来那么大，
足以容纳两双咆哮的手：
一双用来按住另一双。
诗是叹息？是呻吟？是补救？
有些遗憾，
我宁愿你来写这首诗。

江非

江非，1974 年生于山东，现居海南澄迈。

诗二首

孤独的人

孤独的人去看海
他走在去看海的路上
到了海边
他看到了一望无际的大海
和一层一层的波浪
孤独的人看海回来了
他走在从海边回家的路上
他比去看海之前更孤独了
他的孤独
除了来自那一望无际的海水
还来自于海面上那一层一层的波浪
海水里有那么多的波浪
没有一个是人类制造的
孤独的人太孤独了
他到了海边就得回来

傍晚之灵

每当傍晚，我停下手，关上耳朵，闭上眼睛
就会看见那随着夜幕起飞的鸟群

我会看见它们漆黑、坚固的皮肤和令人战栗的上衣
在凝固的空气中，那些相互交织的牙齿和幽灵

在傍晚的天空中，它们成群地起飞、盘旋、飞舞
从一种时间的末梢里出来，向着另一种时间汇聚

它们用光了整个身体，在脸上挖出脸的地窖和黑洞
占据了整个天空，让天空布满了黑鸟之舞

它们不是人类的理想和谷物
它们来自那些裂开的星辰和土地

继续耕耘着那些偏僻、荒芜的河谷
深陷在一堆被磨光了色泽的麦穗和墓地之中

它们在天空上，让人感到了天空的残酷
在心的深处，让人听到心的低语

它们在行人的头上聚集、盘旋、飞舞，落在了我的身旁
让我想试着用手去抚摸一下它们，抚摸一下那古老田园的衰老和亲切

Chinese 汉诗 Poetry

流芳

To leave a good reputation

外外诗二十一首

纪念外外　　曹寇

那就这样吧　　张浩民

在异国的夜里想着已故的人　　春树

外外，原名吴宇清，1967 年生。曾为公务员、电台主持人、电视策划人。2000 年左右起开始诗歌写作。2017 年 9 月离世。

战士的表白

我愿意我有六十岁
从脚底到脖子都埋在
你生锈的装甲车里

头颅去暴露于尘土
像车顶的机枪
有时转动的骄傲

我愿意和你一起比较
鼻子的高度当并排
躺成沙袋吸入几十年的碎屑
它们有时像酸豆角

我愿意矫正你身体里的树
我是说我唯一浇灌的一棵
在树林里遭遇偷袭时
我要它发白发绿

像野狼的眼
看守我们古老的碉堡
横行在时光里

割麦与戈麦

"割麦"代表
一个英国的乐队
GOMEZ
念起来很软
更好看的中文译名
叫作"戈麦"
真的它的主唱
就像躺在
麦堆里唱歌

靠近云层的地方
一种被收割过的声音
粗糙得像
脚踩在沙漏里
干燥而温暖的往事
一点点又
一点点
掉进心里
轻轻发烫
就是有
一只大象
踩进湖边的水草
和某个深秋
感冒也是
经过它的鼻子
再到嘴巴
一只眼睛望不见
另一只

野　兽

夜里
你从我的
天花板上跑过
我看不见你的重
只看见张牙舞爪的样子
仿佛翻山越岭而来
所有美好风光
都是你脚下地毯

你往天上跑
天上有飞机
你往地下跑
地下有飞机的残骸
沙漠里有绿洲

城市里有坟墓
到底你要往哪儿跑
只畏惧那些身后的东西
你痛苦和欢乐时的叫喊是一样的

雨人的故事

我住在雨的下面
要是听不见雨的声音
我就是盲的
像在空白的音乐中

当河水上涨
我举着伞
像一位将军
检阅所有新鲜的景物

雨像垂直落下的无数光柱
一会儿暗一会儿亮
我控制着手电筒开关

没有雨的时候
我在屋里穿上厚重的雨衣
把靴子中的水倒在脸盆里和镜子上

可可和捷频

北上的火车加速疾行
两棵树闪过同一个窗口
它们下面的水土在流失
我不知道会遇见你

从辨认你奇怪的名字开始
我们核对出另两个名字：可可和捷频

多年前不需见证的一桩爱情
我们各持线索像接头暗号
他们各举问候一个在北一个在南

灯火因夜晚而通明
温暖因回忆而再度靠近
趁没有醉我要回家
一小时后的秋风吹打你的脸

可可和捷频
不是过去也不是将来
我回来时的身体，既是躯壳也是心跳

一小段的欲望

做的时候
说的很少
说太明白
就不用做了
唱首歌吧
就当我们没变旧
声音钻入空气很久
不再像声音
我们不再像蜜糖了吗
光那么美
它发现我们身体里的营养
还指给那些不可能去的地方
不可能停止的欲望

秋天，醒来

台灯高高在上
象征夜晚的权力
更高的，

远处吊车顶的孤灯
黑色布幔上的一颗透明水滴
天国的法律
比这些都要高，不渗透出任何光亮

偷偷打开洞里的音乐
偷偷地，把舌头伸到窗外
呵，
冰凉的花的气息

失　眠

坐起来
躺下去
一直得待在里面
从过去熬到将来
又像在不透气的棺材里
兴奋地等待被挖出
打死

杂志上的一幅照片

16个孩子趴在墙上
不大容易数清楚
脑袋都扭向旁边
像16条蚯蚓
风使他们紧贴在那儿
墙从不摇晃
他们有几个头发上的青草
像冻上去的颜色
太阳从这边落到那边
谁也看不见那条地平线

偶像剧

他们享受同一座城市
泛滥的咖啡，橱窗般展览的荣耀
污浊的街水中精致的羊皮靴
他们以宠儿的模样，吃寿司和甜食，挥霍眼泪

虐待从来都以俊美的面目降临
追逐常常裹着羞辱，一天中发生的事情
如刺入眼中的阳光，印在风景点石壁上的姓名
多到看不清和令人昏眩

秋去冬来，哪些还是真的
旅馆的免费早餐、蕾丝边的衣裙、半中半洋的问候？
由于不能满足的自恋，他不停更换恋爱对手
而她在无尽倾慕的眼光中木雕般腐朽

不断重复这一切，像咒语，噼里啪啦地闪烁电视上

一代人的爱情面包

啃吧，这白面包
鼓鼓的，散发新鲜的诱惑
在饥饿的时刻被发疯地吞咽

啃啊，虫牙蛀牙老牙嫩牙
粮食丰收时降落了更多的贫儿
把它当作最后的晚餐，父母没摘到的禁果

大街上恋人如云
都在荒芜的梦中绚丽着
最齐整的牙也挡不住唾液的流淌

啃吧啃吧，洞穴中老鼠惊恐地躲避
胃口巨大的机器卖力地收割

食道肠胃健全，却泡在福尔马林里成为标本
教育着白痴肥胖的一代又一代人

死　者

你死了
有人站在你死的位置
望着你走的方向
这么久
我都记不清你死去还是离开
又回到我的房间
像一门外语在大脑里
要是我有一本装满死人的相册
要是它永远流传
活着的人个个瑟瑟发抖
我就是我爷爷的鬼魂
秋天拣烂果子吃
怡然自得地长满金色的胡须

合　唱

每个人都活得有道理
礼拜天，
怀揣各自的道理
人们走进教堂
坐下的样子
神圣而不可冒犯
我冲上台去
指挥他们唱一首简单的歌
大家张开了嘴
声音快乐又洪亮
外面空地上的孩子
停止了游戏
其中一个抱紧怀中的皮球

她 们

这个疲倦的下午
想起一些姑娘
她们洁白的大腿、成熟的阴部
给予的悲伤和欢愉
像没去过的海洋
温暖或冰冷
她们的眼睛
都是闭上的
仿佛呼吸在水中
一本书翻开又合上
每次不同的页码
读过的和错过的

巨人传奇

我认识的女孩子
都在寻找巨人
或者是巨人般的怀抱
她们的信念
随衰老而增强
并夹带女骑士般的勇敢
和空虚

那些高大的建筑
那些电影般的面容
都有着时钟的刻薄与残酷
日复一日
她们从下面走过
不再左顾右盼
影子紧紧跟随

我试图告诉她们
她们自己有多巨大

却遭到呵斥
"让开，你这挡路的老鬼
别以为我们不知道
你是人变的。"

去栖霞寺

一路进去
门都是敞开的
我们是六个新人
走到旧的信仰里去
烧完香就跪拜
心事里总想到人
烟摇晃着我们
和那些苦和悲的事情
想远了
想不动了
就走两步
脚下空空的没有声音
阿美把手机递给我
手机一直开着的
我是关着的

静夜思

盲果。

除了黑暗的浇灌，别的
一无所有，我这绵羊身子
被抚摸、湿润。
更多绵羊准备产卵前受精。
细小的瓶口
也朝向天空，故乡始终
覆盖头顶像枯萎中的王冠。

海鲸模仿潜水艇的姿势下滑

我坐在床上，一只没有
使用过的热水袋，等待
新鲜的膨胀。

黑暗却用脚将我踩住。
我打它，咬它，钻进它让
给我的洞穴，像不会啼哭的
婴孩，紧吮香烟这更年期大奶嘴

忘　记

一个人在心里死去
她的容貌淹没于无数次呼喊中
多个面孔因重叠而模糊
分不清平面或立体

我向前走去
熟知的季节再度降临
花开的气息令人空虚又甜蜜

一会儿黑暗的星空
一会儿又明亮

荒地升腾起潮湿的温度
大片新土将覆盖

我的身后刮来了我呼喊时的风
终于，
往事后退到心疼不到的地方
一个人缩小并死去
残酷而温柔的河流中消逝的旋涡

字母剧

一张沙发上的两个人
他和她分别在阅读

腿搭在一起
交叉的 "X"

然后两人分开，各自吃东西
两个平行的 "I"

接着彼此凑向对方，手握在一起，接吻
庄严的 "A"

最后她困了，躺在他的怀里
像倒下的 "T"
或是一把停止工作的榔头

你知道，在有观众的场合
也只能这样

宫　殿

我站在床上大喝一声
叫声里的宫殿插满尖利的长矛
群众埋伏下的青纱帐，火光
像凶恶的虫子吃掉起义的奏章

那高墙雪白如太监奔跑的脸
哨声急促，催我用刀
削尖这故事的脑袋。一滴血
扩散于瞳孔，翅膀残破，
经打磨、修剪，被安放在
孩子的八音盒上，
振颤了敌人踮起的脚后跟。

"杀进宫去，杀！"

土耳其

在浴室，我们的
毛发婴儿般服帖。
水滴沿壁滑下，
雾不知来自何方

那些奇怪的交谈，
也光了身子似的，
羞于靠近。

我们的声音，经过
天堂感了冒

迟钝的表情，像
上帝慵懒的仆人，
对肉体熟视无睹。

有一天
在浴室
或者，
在土耳其？

（"他们网刊"10号，2004年5月，彭飞主编）

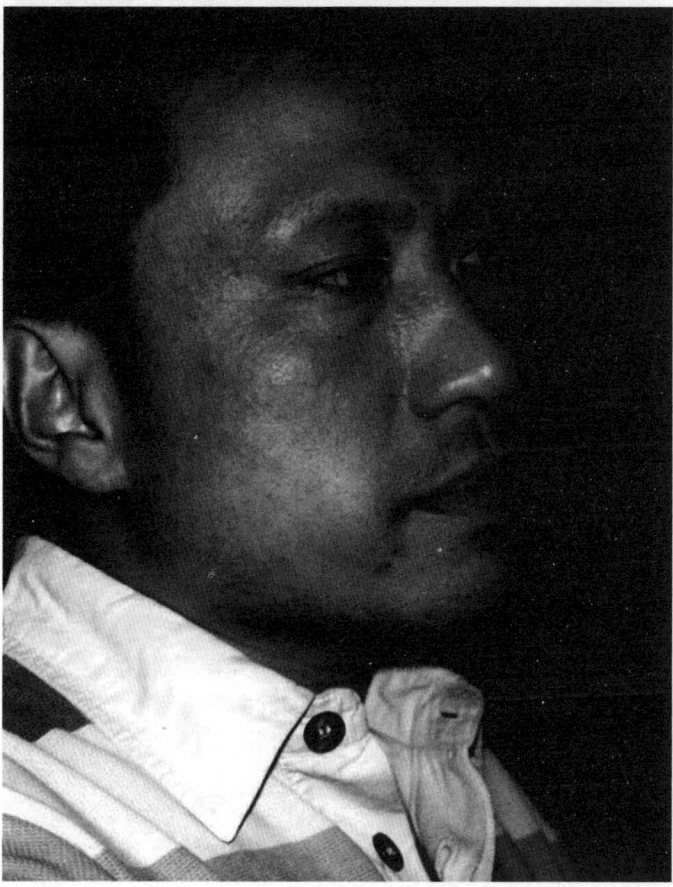

纪念外外

曹寇

最早见到外外，大概是2002年。应该是在上海路陶谷新村附近的一家韩国料理店里，应该是李黎带我去的。那也是我第一次吃韩国料理。脱鞋、盘腿、小方桌什么的，挺做逼捣怪的，让我感到陌生和紧张。看到李黎无师自通地把鞋脱了，一副上炕的架势，我犹豫了会儿，因为我的袜子好久没换了，我对别人能否忍受我的脚臭没什么把握。后来就是外外飘进来了。我说"飘"是有道理的，那会儿外外还有一头披肩秀发，不像最近几年谢顶后直接剃光或戴个帽子。此人高大（起码比我和李黎高多了）英俊，风度翩翩，喋喋不休，无所不知。我在心里还琢磨，李黎这种土鳖咋认识这种人的呢。

外外当时是某个音乐电台的DJ，专门向晚上睡不着觉的文艺小青年介绍古今中外的摇滚乐。据说在南京影响极大，被人调侃为"南京地下音乐教父"。后来我认识的很多人提到外外都纷纷表示自己是听他的节目度过青春期的。尤其是一些女的，得知我认识外外后，无不露出一种在我看来是淫笑的微笑，发出一种在我看来是叫床的尖叫。对于长期以光棍为职业的我来说，外外就是敌人嘛。不过，我没有在电台听到过外外的声音，因为我比我自己想象得要土鳖得多。我是听刘德华、孟庭苇之类的东西长大的。外外也去南京某家电视台当过娱乐节目主持人，我也没有看过，因为那两年我家电视坏了。我还听说外外早年组织过乐队。老实说，我对这点曾一度表示怀疑。

去年冬天的一个深夜，我跟外外在后棠喝酒，我喝，他不喝（当时应该已经痛风），酒吧里也没有什么别人，我俩也没什么可聊的。只有酒吧里那条大狗偶尔叫几声。这时候外外捞起一把吉他，自弹自唱了起来。他唱得很投入，昏黄的光线下，狗也不叫了。酒精作用的缘故吧，让我一度以为外面下起了雪。说到下雪，真有一年冬天，我们在湖南路附近吃完饭，夜雪初霁，外外领着我们穿过颐和路民国公馆一带，踩着雪去找酒吧。我记得在十字路口转盘那儿，一根树枝被雪压断，突然掉了下来，把我们吓了一跳，又让我们高兴地一叫。我始终记得这个画面，它直接暗示我，在那个场景下，我们是一群多么年轻的人。

音乐之外，外外几乎热爱一切艺术形式。诗歌、小说、电影，阅读量大，其个人由此孵化出的信息量也相当惊人。关键他是主持人出身，特别能说。有他在场，我们基本啥也别说了，全听他的。面对他的滔滔不绝或喋喋不休，如果我们露出倦容，他就会像个孩子那样在一边小声哼唱，自娱自乐。一侯谁谁又悄声进入一个文艺话题，被他听到，他立即停止哼唱，个人观点和感受，像一辆坦克那样开了进来。

外外的滔滔不绝或喋喋不休与慷慨陈词无关，他是一个对"广场"毫无兴趣的人。这一点非常重要。

他印过一本名字叫《洞》的诗集。他也不止一次地跟我说他想写小说。前几年在豆瓣上，我看过他写的一些小说片段，但都属于未成品。他和刘立杆搞过一个电影工作室，但后来不了了之。他也曾想过去北京混，但始终没成行。这两年我跟人写剧本，曾有过一个想法，特意找他聊，并邀请他和我一起写，他很兴奋，说"好"，最终也是空谈。除了各种酒局和活动，我和外外还有幸做过一段时间的"同事"，即我俩都在南京艺术学院影视学院戏文系担任过代课老师。我以前就是老师，所以对这个行当深恶痛绝，在南艺忍受了两年，不干了。外外依旧在干。虽然外外也常常抱怨时间不够用，待遇太差，"学生里没几个像样的"，但我觉得他还是喜欢这份差事的。他从来不会真的考虑钱的问题，他只做他喜欢做的事。他喜欢和年轻人打交道，滔滔不绝或喋喋不休的最佳场所难道不正是大学讲台吗？事实也证明，南艺的学生非常喜欢他。他在南艺干了多少年，我不清楚，只知道今年他因为身体的原因辞去了这份工作。我的理解是，一直魅力四射、以"帅锅"著称的他应该不愿意让学生看到他日渐衰败的病躯——这简直是肯定的。在他生病以前，我曾不止一次地拿他开玩笑。我说你他妈的无论穿着打扮、做派、心理，一直是年轻人的那套，但你知道吗，你现在已经年过半百，你没有中年，但不可能不面对老年。难道你是想直接从青年时代一脚踏入广场舞吗？他回答过我这个问题，但我没有记住，大概他说的不足以让我信服。（该问题我也请教过狗子，狗子也语焉不详。这或许是当代部分中国人的一个普遍问题？）现在，他不仅没有了中年，也不再有老年。

2008年，我在广州。广州那日子，可真没得说的，我每天都觉得自己是个大傻逼。到了秋天的时候，外外突然来了。在寺右新马路附近的臭水沟一带，英姿勃发的外外，与季节有关，我现在总觉得他是靠在一棵桂花树上等我跟他一起去吃饭。聊了什么完全忘了，然后他就潇洒地走了。当时我才理解烂俗电视剧里的那句台词："求求你，别走。"我夸张的感受是：外外把我一个人撂在举目无亲的广州，自己他妈的一个人回南京了。

最后一次见外外，是今年三月。我属于酒后转场，带着两个女的奔赴他家附近一个酒吧。我已经喝醉了，和那两个女的胡说八道，完全没在意外外。但现在想想，我隐约能感受到外外的勉强。他帮我们点酒，自己喝半杯白开水（我几瓶酒下去，他的半杯白开水也没喝完）。他不再主动说什么，只是微笑地看着我粗俗不堪的丑态，像隔着一条马路那样看着我。不过，我怎么可能想到这是最后一面。

在这十五年里，没完没了的吃饭和聊天，永无止境的相约或巧遇。那张桌子（外外在场）已经成为我整个青年时代的生活背景，外外是一个理所当然的存在。我刚刚过完四十岁，然后在内蒙古巴彦淖尔乌拉特后旗潮格温都尔镇的旅馆里听到外外从地球上消失了，这种难过无法描述，但很自私。

2017.9.27

那就这样吧

张浩民

本来不想写。你一走，大家清一色贴悼文，总觉得时机不合适。正常的反应是：难过漫溢，不想说话。也许多年后，偶尔想起，疼痛忘了，轻描淡写比较好。然而你的生前好友，写东西能手居多，也都有一颗脆弱敏感的心。难以置信、难过、叹息，忍不住写你，悼念一下，人之常情。我也想把握一下分寸感、时机感，但想到你以这样的方式离去，个人得不得体，不重要了。你平生混迹于写作队伍中间，这个是能预见到的吧？吴同学？

十年前我有一篇小短文专门写过你。朋友之间的白描。你看了，挺高兴，还有意在底下贴帅照来"捧哏"，给论坛里的少男少女看。若时间倒流，我会选择删掉那篇文章里的一句话。那句话在当时纯属玩笑，现在看来，是不幸的预言。……不，不能算预言了。你的一个朋友说了，你的人生没有晚年。

昨晚得知消息，我在车上。司机问我话，我开不了口。我很惊讶，为什么是剧烈的难过？这是近十年来，第一次，如此、如此地难过。上一次如此难过是什么时候，不记得了。按理说，有些事，结局早定了。比如，朋友们都会一个、一个地离开。不该太难过。也许你离开的方式与你日常笑嘻嘻的对比太强烈。也许是因为你总是最后撤离酒吧的人，甚至撤离了之后又带头换地方的。这次你这么快就提前撤了，我们不适应。

吴同学，说句心里话，我曾想等你老了，途经南京，找你坐下来聊一聊。就一个下午，就我们俩。那时候，很多想法会改变的。我们也许先聊聊，这些年你怎么过的，我怎么过的。聊一聊当时正确、后来发现错误的人事物；聊一聊当时错误、后来发现正确的人事物；聊一聊那些不为人知、又是人所共知的人事物。作为你当年热心照顾过的一个小朋友，我曾经不声不响走了，和你不来往了。现在我回来找你，以你对朋友的热忱和好奇感，我们肯定有得聊。时间允许，我们可以撤。换个地方，继续聊。

十多年前的一个夜晚，半坡酒吧。北京来了位女作家，我们接风，一群人围坐。这时一个画家做测试游戏，要求每个人回答三个问题：

"一、如果即将跳楼，跳之前你会干什么？二、落地过程中你在想什么？三、落地之后发现什么事都没有，你会做什么？"

当时一群人包括我的回答，我都忘了。但我记得吴同学你的回答是这样的："跳之前，我会给找口锅，煎个饼，补补身子。"落地过程中你在想什么？我不记得了。我只记得，落地之后，吴同学你的确是什么事都没有，然后站起来，笑一笑，哼着歌离去。

2017.9.27

在异国的夜里想着已故的人

春树

外外去世了，我是在网上看到的消息。

这是我从网上找来的他的简介：外外，本名吴宇清，是公务员、戏文系的老师、退隐的摇滚电台DJ、半路出家的诗人与小说家、中国独立影像展（CIFF）草创人和评委、装置艺术展和诗歌朗诵会的策划人，还曾作为客串演员出现在《文艺青年》《身边》《我可以做你的朋友吗》等影片里。

回忆总是慢慢浮现，我想起十多年前的夏天（时间怎么过得这么快，一下子十几年过去了），在南京，因为一次作文比赛，我是评委，跟南京的作家诗人和文艺圈的朋友们有过交流，就这样见到了外外。他主持电台节目，请我和朋友吃饭。那个夏天过得真不错，我记忆里美好的夏天之一。

物伤其类，一个温柔的人死了。

我想起那个夏天，眼泪才忍不住流了下来。

一个与你有过交际的人、一个给过你温柔的人、一个请你吃过饭的人，这个人丰富了你的生命，即使你们也只在那个夏天偶遇。

我找出我曾经写过的文字，又重新看了一遍。看着看着，我想吐——太痛了。怎么会这样？这不是我曾经想象的世界！

我完全像回到了青春期，那时候我痛饮狂歌空度日，飞扬跋扈为谁雄？

而今在异国他乡，青春时写下的文字历历在目，文中的人已经去了。我们的同类很少的，与我们青春期擦肩而过的人也很少的。

如果我知道他遇到了痛苦，遇到了坎，我愿意联系他，听他说说话，哪怕我不知道如何解决……

但我不知道。而且我们这些年并没有任何联系。许多朋友其实都没有联系的。我们各自经历自己的生活。

"外外说今天晚上有摇滚演出，是紫城的三支乐队。他们巡演七八个城市，雨都是倒数第三站。遇断自问已经过了看演出的年代了，想到这次出差到雨都居然能看到演出，感觉有点怪怪的。她抱着随便看看的心态跟着外外和米米一起打车去演出的地点。那里是雨都的郊区，相当远，并且偏，一般雨都人和雨都的出租车司机都找不到那地儿。结果他们一上出租车，说出要去的地方，那出租车司机就说刚才才拉了一个去那儿的人。

给外外打了电话，他们在吃饭，于是遇断和杜林一起去饭馆找他们。剩下的乐手说随后就到。那是一个小而干净的饭馆，东西很好吃，饭馆里放着音乐，外外说这是他的节目。大概半个小时后，一大帮乐队成员都过来了。

以前她从来没有这样玩耍过，好开心！下着大雨，走在路上，身边都是树，高大的树。雾气蒙蒙，外外打来电话约遇断、杜林、米米一起到中山陵旁边的青年旅馆吃饭。那里有一个非常美的草地。还有湖水。她甩下朋友，冲到了雨中，在那被雨淋得湿软的青草中奔跑，她真想脱掉上衣，裸身在大雨中，让雨淋到她的皮肤上，她真愿这雨一直下下去！

吃完饭，外外带大家去买盘。雨还在下着，没有车。外外和米米走在前面，遇断和杜林紧跟其后。

那年在南京。我没有外外的照片，我们甚至也没有合过影，即使有照片，也不在我的手里。

2017.9.28

Chinese 汉诗 Poetry

叙述

Narrate

从水文到四机　魏天无

从水文到四机

魏天无

　　如果你碰见我弟弟，问他关于四机的童年记忆，他会很认真地告诉你：有一年夏天发大水，鱼塘翻了塘，护城河水漫出来，到处汪洋一片，根本看不见路，当然也看不见哪是田，哪是鱼塘。他和小黑子他们几个，踩着被水泡得软绵绵的田埂，从水文走到了四机的游泳池。结果，游泳池关了，几个人悻悻地原路返回。你要是问他，就没有拿根树枝探路吗？他会轻轻摆动夹着烟的右手，在烟雾缭绕起来之后说，没有，没有，很准确。

　　那时的夏天经常下暴雨发大水不错，一发大水水文家属院的平房被淹我们就得搬到地势高的子弟学校去住也不错，水文和四机之间只剩下玉米纤细的脖颈和零零散散的向日葵拼命伸出大脸盘在浑浊的水面上喘息也很真实，但我怀疑弟弟剽窃了我的记忆——是我和大王军、小王军他们这样走过。我弟弟不是第一次这样干了。有一次为了证明他上高中时很用功，春节时当着全家人面说，你们知道我们当时在江陵中学怎么学历史的？学到什么程度？啊？翻开历史教材，随便找一个词，注意，不是什么重要年代、人名、事件，就是教材里的一个词，我能告诉你它在第几页，很准确。我当即指出，这是我说过的，他却死不承认。一九八四年高考，历史一百分我考了八十六分，不要说在江中，就是在江陵县也是很高的。我大学毕业时我弟弟参加高考，后来被中南政法学院录取，他从来不说他历史考了多少分。

　　自然，我们拥有很多相同的记忆，但记忆中的细节如此巧合，不能不让人生疑。

　　如果你转头问我哥哥，他多半对四机没什么印象了，仿佛跟两个弟弟是两个时代的人：他高考时我在读初中，三弟读小学；我读高中时他参了军。不过，他一定是去过四机的游泳池的，至于跟谁去的，就不得而知了。

　　后来，听说我突发奇想，要写一篇关于水文隔壁的四机而不是水文的文章，哥哥有点失望。失望之余他说，他其实跟四机有过一次交集。故事是这样的：一天晚上，我哥哥和潘锥子几个人到果木大队的田里偷地瓜。几个人匍匐前进到地里，正准备开挖，突然听到对向传来窸窸窣窣的声音，以为是被农民伯伯发现了，立刻抱头鼠窜。对面也传来一阵鸟炸窝的扑腾扑腾的声音。但在那样一个饥饿年代，脆生生的白地瓜对半大小子的诱惑是巨大的。我哥哥他们又慢慢聚拢在一起，商量对策。月色朦胧中，他们看见田垄那边也有几个鬼鬼祟祟的人。后来才知道，他们是四机的，也是出来偷地瓜的，刚才也是误把我哥哥他们当作巡夜的农民。大家相视一笑，各自带着胜利的果实，消失在夜色里。

对了，我还没介绍四机。我也是很晚才知道四机的全称，当时大家都"四机""四机"地叫着，就像荆州城里城外的人都叫我们"水文""水文"。我们父母单位当时的全称是水文地质大队（现在叫水文地质工程地质大队），归省地质局（后来的省地矿局，现在的省国土资源局）管，大队下面有很多分队分布在省内各地。大队部原来在荆门沙洋的汉江堤外，离沙洋农场不远。沙洋当年是个小镇，我出生在镇人民医院。我五岁多的时候，大队部搬迁到荆州古城。我哥哥还记得，一辆解放牌大卡车把我们一家五口拖到了新家。大卡车的红色车头威风凛凛，车厢里除了不多的家当，还有一捆捆的柴火，是单位当福利发的。

地质队每到一地都驻扎在郊外，大家已习惯了，可是，新大队部所在位置还是让人觉得别扭：它的北面紧邻长满水葫芦、常年散发恶臭的荆州古城护城河，西面是果木大队的农田和鱼塘，南面是御河大队的农田和鱼塘，东面的大门外有一条通往古城南门（南纪门）的弯弯曲曲的土路，土路两边也是农田和鱼塘。这是水文人去城里的唯一一条路，走路到南门需要二十分钟。大队部最早的家属区在单位西北角，与护城河平行，有六七排红砖红瓦的平房，分为两列，我家住在靠西的那一列。与我家平房相垂直的，是大队部为安排职工家属开办的一所棉纺厂，厂房覆盖着雪花一般轻飏的棉絮。不时可以碰见棉纺厂给工人分猪血，据说猪血可以清肺。厂房西南角的背后有个公共厕所，厕所旁了扇只能走人的狭窄的后门，出了后门就是田野。如果你沿着田埂走得足够远，就可以到四机。它的全称是石油江汉第四机械厂，原来属石油部管，现在归中石化。四机离古城西门（安澜门）很近，那里应该是他们进出城的通道。

说起来，水文的顶头上司是地质部，与四机都是省部级直属单位，都驻扎在荆州城外的乡村，好像城内没有足够的地盘容纳这么大的单位。也都是自成一体的小王国，与地方没什么交往。大家也都有异乡人的感觉，不免对对方生出亲切感，对城里人则生出大单位的自豪感，虽然我们那时并没有交上四机的朋友。直到上高中，在城内的江中住宿，才从一位来自城内的石油勘探队的同学那里得知四机的全称。我这位同学的父母为国家找石油，我的父母为国家找矿产，找修水坝的地址，大家一聊就很投机，很快玩到了一起。但奇怪的是，我高中三年，没有遇到过一位来自四机的同学。

我考上大学的那一年，一直是水文笔杆子的父亲，被地质局调到了位于荆沙大道上的省地质学校当书记，不久我们家就搬出了水文。大学毕业后我一直飘荡在外，虽然每年都回荆州过年，也几乎每个春节都去水文看望我们哥仨的保姆张妈和张爸，但从未起念到对面的四机转一转。人说起来也很奇怪。

三年前父亲病逝后，母亲在武汉的小区住不惯，宁愿回荆州独自生活。早已更名为国土资源职业学院的学校，此时已搬迁到武汉汉南区，只剩下一些不愿随迁的离退休教职工住在原址，母亲每天可以很自在地与老姐妹老同事聊聊天打打小麻将。我和弟弟每月轮流回去陪母亲住几天。每次回去，我都带着跑鞋，吃过晚饭后搭乘贯穿沙市区和荆州区的1路公交到古城东门（寅宾门），逆时针围着城墙外的步道跑一圈，计步器显示有10.5公里。夏天的晚上，时常可以看见有人戴着头灯，右手拿着钳子，左手提着袋子，贴着城墙边走边捉蜈蚣。头灯随着人的步子在黑乎乎的城墙上打出一个上下左右晃动的光圈，让戴头灯的人和他身后的一切变得更加黑暗。小时候我们捡过知了壳、橘子皮、牙膏皮、废旧铜丝，挖过半夏等，积攒到一定数量后，走到城里的药店去卖钱，从未想到捉蜈蚣。早年城墙外是一座座的坟头，蜈蚣很多，也很肥硕。

一路跑过古城西门外后，护城河北侧就是四机的地盘。接近新南门时，护城河外新建的御河广场上便传来高亢的歌声，"送战友，踏征程。默默无语两眼泪，耳边响起驼铃声……"那是消暑的人们在自娱自乐。新南门现在成了水文人（也许也是四机人）进出城的方便通道。跑到老南门，我每每惊讶于它的旧时风貌完整无缺，甚至护城河上的桥都没有被修葺过，就像我儿时见过的那样，水泥护栏露出生锈的钢筋。紧邻护城河的参差不齐、新旧混杂的住家，依然在向河中排放臭气熏天的污水。夜色中，在经年不变的破败民居中高高耸立的白色天主教堂（圣母无原罪堂），无言俯瞰着这一切。它应该有一百多岁了。月亮在天空挂着，天主教堂的白色在夜色中有些瘆人。

二〇一七年暑假结束前，我和弟弟开车回荆州接母亲返汉。老母亲已八十有二，一个人住在荆州毕竟不是事儿。到家的当天下午，我问弟弟愿不愿意去四机走一趟。他问干吗？我说我要写写四机。四机？怎么不写水文？我说要写，但可以先从外围开始，权当练笔。他欣然答应。

我们把车停在新南门外水文的大门前。水文的新大门与从前的正门正好是两个方向，那家作坊式的棉纺厂早已不在。大门前宽阔的大马路，马路对面的集贸市场，鳞次栉比的楼房，早先是果木大队成片的农田和鱼塘。我们顺着与护城河平行的四机路向西走去，路的左侧是一溜门面房，有公安牛肉牛杂馆、茶舍、助动车店、广告公司，中医养生堂里飘出浓浓的异香。右侧沿护城河一线，已被改造为御河广场、休闲绿地。八月的烈日当头，没走几步，弟弟背部的T恤已濡湿。他在街边买了瓶冰冻可乐，边走边喝。也许他和我一样困惑，这条路为什么这么长，还有公交呼啸而过。田埂是不在了，儿时的脚印在被夏季的洪水淹没后，还会一茬茬重生，像怎么也揪不完的田埂边的野菊花，像越扯越长的麦地里圆滚滚的小金瓜，现在已被记忆的潮汐一波一波荡平了。

我们最先看到的与四机有关的建筑是路旁的老式宿舍楼，只有五层，底部还加高了半层。从阳台和层高来看，显然比水文的老宿舍楼宽敞得多，但就是那样的楼我们在水文也没住过。走过宿舍楼是一个水泥广场，广场边是四机的文体中心，外墙上装饰着五环，旁边挂着某房地产公司楼盘营销部的牌子。文体中心背后是封闭的灯光球场，靠路边的绿色铁丝网上悬挂着红色的横幅，"热烈祝贺四机厂职工马Ｘ／陈Ｘ同志荣获荆州市第八届职工技能大赛电焊工／钳工第一名"。走到四机路的尽头左转是主厂区，厂区大门内的北侧是行政楼，楼顶有"石油四机"的标识，对面是住宅区，小区名为"敦煌苑"。我看着烈日下白色石座上这几个黄灿灿的字发愣。回来前，我刚刚在敦煌殡仪馆送走了我的好友、年轻的同事，在奔波途中患上了重感冒。我是在山西的自驾游中听到同样在旅途中的好友辞世的噩耗，第二天一大早从朔州返回太原，转机赶往敦煌。在机场，飞机一次又一次地推迟起飞时间，似乎要跟我的焦灼、痛苦对抗到底。

我和弟弟跟着买菜回来的老人进入敦煌苑。小区并没有什么特别之处，但有粗大的"Z"字形输气管从中穿过，莫非这里冬天供应暖气？果真如此，不要说是在荆州，就是在省内，冬天能够享受集中供暖的单位有几家？听人行道边站着坐着的老头老太聊天，说的好像是甘肃一带的方言。兰州我去过四次，敦煌算起来去过三次，从兰州到敦煌的河西走廊一线跑过两次，当地流行的一句话是"甘肃的兰州，中国的酒泉，世界的敦煌"，那里人说话的口音还是听得出来的。我把这个发现告诉弟弟，他连连点头，同时又觉得奇怪。在水文，儿时听到最多的是河北口音。父母都是河北人，宣化地质学校的同学，毕业后奔赴湖北，辗转省内各地。

从敦煌苑出来，右手边就是工厂的门禁，需要刷卡进出。我们只能站在门外向里眺望，想象着从前的那座有着深水区、浅水区的游泳池，是否还碧波荡漾，水花四溅。

四机与敦煌有什么关系呢？

百度四机的官网，除中文网页，还有英文、俄文和西班牙文网页，俨然一国际化大企业。其中一段文字介绍，很像是出自我们江中文科班某位同学之手"始建于一九四一年的第四石油机械厂，融敦煌艺术与荆楚文化的精巧细腻和飞动灵气于一炉，汇石油工程装备研制技术厚重积淀于一体，在经历了七十多个春秋的风雨洗礼后，已由一个名不见经传的小型汽车修配厂，成长为中国大型石油钻采装备制造基地。"原来，这家工厂始建于玉门，为当年的抗战服务，主要维修进口汽车。新中国成立后，工厂迁往酒泉整顿了数月，再迁至敦煌安家。一九六〇年代末，中苏关系紧张，甚至有打核战争的准备，西北的大批工厂迁往内地。当时正赶上江汉油田会战，这家工厂便南下荆州，定名为第四机械厂，主要从事柴油车制造，曾生产出国内第一台六吨、十二吨柴油车，一九八〇年转产石油机械。也就是说，当水文与四机隔着农田和鱼塘遥遥相对之时，正是四机凤凰涅槃之日。从干旱少雨、黄沙漫漫的大西北，到湿润多雨、良田万顷的千湖之省，这个变化是巨大的。那个年代的四机有游泳池，不仅证明了它比水文更有实力、更有派头，也说明四机人已适应了南方的生活习惯。

在发大水四处汪洋一片的时候，我弟弟和小伙伴们还要冒险去四机的游泳池，只能说明两个问题，一个是他们很无聊，一个是四机的游泳池很有吸引力，或者说，去四机的游泳池游泳，是一件值得夸耀的事情。

对于在千湖之省、鱼米之乡长大的男孩子，旱鸭子基本上是懦弱的代名词。江汉平原上游泳的去处很多，也很方便。但在那时，包围着水文的御河大队和果木大队的鱼塘里，不时有淹死孩子的传闻。每到夏天，在闻着荷花莲蓬与水稻的清香的同时，你也会听到在某处池塘边瘫坐的披头散发的年轻母亲，涕泪交加地招魂的声音："回来呀，我的（地）那个儿啊！你到哪里去（克）了啊我的（地）那个儿！"每当此时我都会惊恐地放慢脚步，盯着池塘里的水草和野菱角叶在微波里起伏，仿佛有只小手在下面扯着，想用力拱出头来回应这凄厉的萦绕不散的呼喊。我身边的小伙伴们还没有发生过这种事，这当然与父母的严厉管教有关。下班回来的父母如果在孩子脸上、身上发现有异样的蛛丝马迹，便会一把将我们扯过去，用指甲在我们晒得焦黄的胳膊上划拉。倘若出现白色的印记，下过水的事实就会暴露，难免一顿臭骂和痛打。所以，如果实在禁不住沁凉的水的诱惑游了泳，或者下水塘去摘莲蓬、拔鸡豆米（芡实），翻找叶片下的野菱角，上岸后等身上的水晒干了，我们会相互抓挠暴露在外的皮肤，直到白色的皮屑翻飞，以此躲避父母可能的检查。

其实，我们也可以去荆州城小北门（远安门）外的游泳池，那是当年古城唯一一个公共游泳池。但步行去那里实在是一个艰难的抉择，你需要从水文走到老南门，穿过县体育场，再横穿城中主干道进入有哨兵站岗的荆州军分区大院，出了大院再走过曲里拐弯的青石铺就的小巷。当迎面吹来一股鱼腥味的水汽的时候，你在骄阳下晒得疲沓的身体会为之一振。然而，这个游泳池破旧不说，池水长久不会更换，让你觉得满池汇聚的是天上的雨水和地上的泥水。虽说如此，我毕竟是在这里自己摸索着学会游泳的，而且，一旦你发现自己突然间可以自如在水面行动而不再如铅块般坠落，你的胆子会变得很大。有一次，我独自跑到深水区去尝鲜，池边走来一个竹篙样瘦高的小伙子，问我水深不深。我大大咧咧地说不深。他脱了衣服下到水中，不一会儿却在水中扑腾起来。原来他不会游泳！我不敢靠近他，连忙大喊"救命！"几个大人游过来把他推向了岸边。小伙子瘫坐在池边，水滴从他乱糟糟的头发、耳根、嘴里不断地淌下来。他拎起地上的衣服走的时候，幽怨地朝我看了一眼。

我去四机游泳，还有很隐秘的原因，从来没有跟弟弟提过。

我能进江陵中学读高中也与水文有关。我清楚地记得，我的中考分数离江中的录取线差 3.2 分。和水文子弟学校的大多数同伴一样，我接到了西门中学的录取通知书，即将成为那所很普通的中学的最高分考生。西门中学位于西门城墙内，接到通知书后我曾和小伙伴们走过架设在护城河上的自来水管，徒手翻越城墙，去学校里看了看。站在那里的城墙上可以看见四机的厂房，那些横七竖八的冷冰冰的钢铁设备，却看不见水面泛着诱人蓝色的游泳池。

从小就在一起厮混的小伙伴们知道以我的情况，我不会跟他们每日踩水管、翻城墙去西门中学读书。水文是省直单位，在那个年代可以提供中学所需要的一些紧缺物资，比如汽油柴油、过冬的木材，以及随时可以派车给学校使用等等，两家的关系因此很密切，类似后来的"共建单位"。加之，子弟学校的师资和教学水平，在当地也是数一数二的。母亲托人找了江中的龙校长和主课教师，他们都对已毕业的我哥哥印象很深。也就是在我哥哥那一届毕业生中，出了位全省文科状元。不久，学校通知我和其他一些学生到县体育场进行测试，随后我以体育特长生的名义被江中录取，插入高一年级农村班中。那时江中的农村班相当于现在的火箭班，学生都是尖子生，考分高出城市班一大截。我的分数本来就不够，又严重偏科，数理化英语都很难跟上进度，很有些自暴自弃。一到高二分科，第一次统考我就一跃进入文科班前十名。

有一个周末没有回家，我骑着同学的一辆哪里都响但铃铛已不知去向的破自行车，出校门沿城中路到城内东端飞机大楼旁的新华书店买书。从书店出来时天色阴沉，我加快了骑行速度。不一会细雨绵绵，我边骑车边伸出右手去够车篓里刚买的唐弢、严家炎主编的高等学校文科教材《中国现代文学史》，想塞在胸前的衣服里，前方突然出现一个打着花雨伞的人。自行车直直地撞向对方的那一瞬间，花雨伞向后撩开，露出一张女孩的白净的惶恐的脸。女孩倒地的同时，花雨伞也飞到了她的脑后。我丢下车急忙上前去拉女孩，她恼怒地把胳臂甩开。我见她并无大碍，但又一副不肯罢休的样子，便老老实实地告诉她，我在江中读书，要是有什么问题，可以去找我。女孩怒气冲冲的脸色缓和下来，一会儿又变得很严厉，一弯腰捡起掉在地上的《中国现代文学史》，翻了翻，然后说，我是会找你的！说完打着伞，拿着我的书走了。

周一上午大课间休息时，有同学走到我面前诡秘地笑着说，老魏，有女同学找你。我抬头，看见那个女孩正探头探脑地往教室里张望。见我出来，她没吭声，把书拍在我手上转身走了。一帮子男同学呼啦啦地围拢过来，抢夺我的书看。

我把这件事写成作文上交，宽厚、温和的语文老师杨海波先生居然在课堂上当作范文念起来。同桌、也是水文子弟的董江一边听一边说，哦，那女孩子也是江中的，有缘，有缘。

读大学时，每年都有新生运动会。升入大二后，系学生会分配下任务，要老生带着报了项目的新生训练，分给我的是跳远项目。第一次训练的那天清晨，我到了田径场，下台阶时远远看见一个女生正在沙坑里练习。她跳跃的姿势像是我少年时代在水文与四机之间的田野里看到的孤僻的翠鸟，从草丛里跃起，一头扎进蚕豆地，不见了动静。待到人走近，又扑棱棱地飞起，没入另一侧的麦地。我装作漫不经心的样子晃悠到沙坑边。又一次起跳后，女生一屁股坐在沙里，双手后撑。见到有人来，她有些恼怒地瞥了一眼。她的神情让我想到扣押我的书然后去现场验证的那位女孩，也有着齐耳根的娃娃式短发。我做了自我介绍后，她有些不好意思。

虽然我是以体育特长生的名义进了江中，实际上体育并无特长，只是各项运动都可以上手上脚，发展得比较均衡而已。跳远在系运会拿名次没有问题，到了校运会就只能在别人后面望尘莫及，大学那时也有体育特招生。当时系学生会体育部的关部长来自广东，个子不高，精瘦，浑身上下紧绷绷的，仿佛随时可以弹簧般弹起。他是校运会跳远纪录的保持者，也许是觉得我是一棵苗子，就把这任务摊派给我。我给女生做了几个示范动作，按照我的想法告诉她起跳时如何抬臂后仰，下落时如何收腹下压，让她慢慢练习。她的话并不多，但话音里透着一点江陵腔。其实每年新生一进校，就有老生来寻老乡，各地老乡帮也悄然兴起。我出生在沙洋，在水文的家属院长大，家属院里的人来自五湖四海。虽说因为高中住校学会了一口江陵话，但我没有地方上学生那么强烈的家乡意识，对老乡帮自然也没兴趣。

训练了几个早晨后的那个周末，学校露天电影场照例放电影。吃完饭后正准备去找同班的女友结伴而去，那个女生拿着小板凳出现在我的宿舍。我也不知道怎么拒绝，便在室友的讪笑中和她一起去了。在电影场黑压压的人群中，我低声问，你是江陵人吗？她说是啊，我知道你也是江陵的。我又问，你是江中的吗？她摇摇头说，我是荆州中学的。接着又自顾自地补了一句，我家在四机。

电影放的什么记忆已很模糊。人群后方射来的放映机的光束里，有薄薄的雾气漂浮，小小的飞虫穿梭其间。这情形让我想起在水文看露天电影。看电影也算是水文的福利之一。电影场设在子弟学校操场上，主席台上拉起雪白的荧幕，荧幕四周像一个人遗像的黑色边框。那时放电影要跑片，有跑片员骑着神气的边三轮摩托来往于城里的电影院或其他像水文这样的大单位。夜幕降临，放映员焦师傅还枯坐着，心急火燎的小伙伴们都会把头扭向学校旁通往老南门的大门。一阵隐隐约约的轰鸣声传来，一束强烈的灯光从大门外歪歪扭扭地射进来的时候，大家便鼓掌欢呼起来。跑片员来了。

记忆就像此时焦师傅手中的电影胶片，需要倒带。

在四机天蓝色的游泳池里，在孩子们的嬉闹声中，我是否曾见过这位跳远的女孩？

我去四机的游泳池只是为了游泳，只是喜欢游泳，尤其是刚刚学会游泳的时候。学得最快、最好的是蛙泳，仰泳、蝶泳、自由泳这些泳姿，我的双腿统一使用的是蛙泳蹬水的动作，怎么也改不了。看见别人自由泳时在水中歪着脑袋张开嘴换气，怎么也学不会，一不小心就呛水。我可以踩水，可以躺在水面保持静止，也可以一个猛子从泳池的这头潜到另一头。我甚至觉得自己会在水中换气，但我无法示范给小伙伴们看，他们也都一致认为我吹牛 X。就算是，我觉得人有时候需要吹吹牛 X，它是我们进步的动力。

很偶然的一次，我发现同班的克娜与玛伊两姐妹也在四机的泳池里。这一发现改变了我去四机游泳的单纯动机。我不知道她们是否也看见了我。那时还在小学高年级，男女生已学会了不说话。我坐在池边，瞟着对面池边的两姐妹，她们穿着泳衣的身姿让人心里有异样的感觉。

克娜与玛伊是双胞胎，而且，是在相貌上有着异国情调的双胞胎。尤其是妹妹克娜，大眼睛，长睫毛，白净的皮肤像是没被太阳晒过。她黑黝黝的头发是自来卷，在家属院里非常罕见。姐姐玛伊虽然皮肤也很白，但与妹妹一比就显得黑，也瘦小一些。她们的母亲据说是维吾尔族，个头比她们的爸爸高，大鼻梁，戴一副黑框眼镜，看起来更像是电影《列宁在一九一八》里温文尔雅、款款而行的俄罗斯女人。她们的父母曾在新疆克拉玛依油田工作，她们出生在那里，名字是"克拉玛依"分开后的谐音。克拉玛依在维语里是"黑油"的意思，我当时并不知道。

克娜成绩好，脾气也好，是班上的学习委员。我是班长，也是孩子王。按母亲的说法，我是到了高二才开窍发奋读书的，她和父亲对我考大学本来没抱什么指望。对那时的水文子弟来讲，如果考不上大学，只有两条路可走，参军，或者到钻机上当工人。母亲常在家人团聚时说我，你呀在子弟学校的时候，不学好，尽学坏，跟一帮调皮捣蛋的男孩子混在一起，怎么说也不听。可能吧，但我善于团结同学，威望很高。那时每个男孩子都有绰号：黑皮、二球、胖子、大头……我的绰号更像是尊称：老魏。我父亲在单位里也叫老魏。

说到学坏，有一次克娜等着收齐作业交给老师，偏偏遇上我没有交，还在磨蹭。她在我的座位前一言不发地站了几次之后，一赌气抱着一摞作业本去了老师的办公室，让我挨了一顿批不说，老师又告到在学校当书记的母亲那里，回家又是一顿数落。第二天中午，我跑到学校后面的鱼塘边，抓了一条正在懒洋洋晒太阳的小水蛇，捏住它的三角脑袋，挤开嘴，把衣角塞进它的嘴中，再上下摁住脑袋往外一扯，拉去它的小牙齿，装进口袋。我偷偷进了教室，把小水蛇放在克娜的铁皮文具盒里。两姐妹同桌，文具盒一模一样，慌乱中放错了地方。上课前，当玛伊打开文具盒，尖叫声中把它甩向空中，小水蛇落在了隔着过道的另一位梳着羊角辫的女生身上，她当场晕厥过去，口吐白沫，像是发了羊角风。

对小水蛇事件罪魁祸首的查找最后不了了之。班主任无论如何想不到是班长干的，所有的怀疑都指向大队长的儿子、最调皮捣蛋的学生波波。波波当然不会承认无中生有的事。

我读高中后，克娜被送到北京的亲戚家，后来落户京城。她们的父母为何独独送走克娜而留下玛伊在身边，始终是个谜。克娜年年回水文过春节，我只是读了大学之后，借着到水文给张妈张爸拜年的机会，去她们家里坐过几次。每次都是克娜和我说着话，没有见过玛伊。那时克娜考上了北京的一所市属大学，玛伊高中毕业后留在水文工作。每次见了面我都想约克娜到城墙上走一走，但每次都开不了口。

参加工作后的某一年春节回到家，跟母亲聊起我子弟学校同学的情况。母亲说，玛伊不听家里人的劝告，非要跟一个钻机上的工人结婚，结果被传染上了乙肝。后来我去到她们家时，克娜在客厅里和我聊天，卧室里不时传来被抑制住的轻轻的咳嗽声。克娜悄声说，是姐姐，她病了。

那一次，无辜的羊角辫女生被从天而降的小水蛇吓得晕厥过去后，是克娜跑过去掐着她的人中，在得知消息的班主任赶来之前，让她恢复了意识。

如果我们漫步在城墙上，我会把那次事件和盘托出吗？残缺不全的城墙究竟有什么样的魔力呢？我们曾像壁虎或蜥蜴或蜈蚣或草鞋虫一样在上面爬来爬去，不走运的小伙伴有时因为抓到了一块松动的砖石而摔下去。在短暂的脑震荡带来的眩晕之后，他会慢慢坐起来，缓缓站起来，拍拍屁股裤子上的泥土草屑，一瘸一拐地走了。他躺过的地方，可能是一座被磨平的孤坟。

我记忆中的四机自然也与城墙有关。

一九八三年严打期间，古城内的大街小巷贴满了白纸黑字、右下角打着鲜红的"√"的法院布告。记得已进入高三的我、同桌董江，还有黄文、向本，每天中午在食堂吃完饭后会在校门外买一包瓜子，回到校门内的一片水杉林里，一边嗑瓜子一边海阔天空地神聊。说到未来，董江说，千万不要哪一天在街上闲逛，突然看到一张法院布告，上面写着你们当中谁谁谁的名字……我们大笑不止。

但我确实不止在一张布告中见到过，强奸犯某某某，于某年某月某日，在城墙边强奸了来四机探亲的女青年某某某……好像来四机探亲的人很多，而探亲者自然要到这座中国南方保存最完好的古城墙上逛一逛，领略一下位列国内第一批历史文化名城名录的古城风貌。邻近四机的西门在那时因其偏僻，似乎成为罪恶之地。

荆州人念"四机"，"四"字用的类似二声，但有一个下沉的音调被突然甩出去的过程，尾音拖得比较长。"机"字念起来则像入声。"水文"这两个字，"水"字念起来像入声，干脆有力；"文"字则作三声，音调下降到上升的过程得到强调。从声韵上说，"四机"对"水文"是相当工整的，就像寒对暑，日对年，雁弋对鱼罾。

四机官网的介绍中说：中国有句古语"为者常成，行者常至"，这是全体石油四机人奉行的哲学。这句古语出自《晏子春秋·内杂下》：

> 梁丘据谓晏子曰："吾至死不及夫子矣！"晏子曰："婴闻之，为者常成，行者常至。婴非有异于人也。常为而不置，常行而不休者，故（通胡）难及也？"

四机与水文作为荆州古城的外驻单位，在计划经济时代都像是独立王国，也都受到国家的政策性保护。它们是封闭的、自给自足的；它们很可能是荆州古城内外仅有的两个使用普通话的区域。而让荆州人引以为豪的古城，很长一段时间内都被当作闭锁的象征。我至今记得大学的学长在荆州的中学实习后所写的文章中，对此忧心忡忡。今天看来，四机与水文都有某种程度的停滞，谈不上多大的"成"，也说不上多远的"至"，至少水文是如此。

四机的游泳池很可能早被填平。水文已有传闻，将整体搬迁，靠近护城河沿线的建筑，包括我们哥仨儿时的家，红砖红瓦的平房，将被夷为平地，建成三国主题公园。

我是要写一写水文，当它在我的睡梦中被夷平之前。如今，于我而言，越来越多的睡梦会眨眼变成现实，或者说，越来越多的现实终成缥缈的梦的轻纱。

2017 年 10 月 9 日—13 日
20 日改
11 月 18 日改定
武昌素俗公寓

Chinese 汉诗 Poetry

敬文东
JING WENDONG's Column
专栏

颓废并且笑着——诗与颓废研究之四

颓废并且笑着

——诗与颓废研究之四

敬文东

敬
文
东
专
栏

无论在古典汉诗或现代汉诗中，书写颓废的诗篇多见，书写颓废并且笑着的诗篇不多见，伪托李白所作的《笑歌行》得算例外 [1]。虽然"欢歌笑语绕着彩云飞"一类的诗篇大笑着决不颓废，却依然够不上对颓废诗篇的否定，连它的笑声都早已湮灭于时间并不漫长的新诗史 [2]。吕正惠认为，和西方诗歌的悲剧传统两相对照的，恰是古典汉诗的哀歌传统——"哀歌"一词正可谓点睛之笔。清人刘鹗对此有绝好的描述：

> 灵性生感情，感情生哭泣。哭泣计有两类：一为有力类，一为无力类。痴儿呆女，失果则啼，遗簪迹泣，此为无力类之哭泣；城崩杞妇之哭，竹染湘妃之泪，此有力类之哭泣也。有力类之哭泣又分为两种：以哭泣为哭泣者，其力尚弱；不以哭泣为哭泣者，其力甚劲，其行乃弥远也 [3]。

悲剧强调的，是个人的意志；它突出的，正是个人对环境与命运的殊死抗战，甚至不惜以损毁肉身为代价——抗战不属于哭泣，顶多同意哭泣投怀送抱，同意它委身于自己。亚里士多德认为，悲剧"应该描述能够引起恐惧和怜悯情绪的事件" [4]，冲突因此变身为悲剧的根本或实质——冲突当然不属于哭泣；或者，冲突已经蛮霸到强行更新哭泣之内涵的程度。哀歌强调的，则是人与命运、环境、时光意欲和解而不得时所产生的悲鸣，和谐之"和"才是值得哀歌追求的境界，或目标。所谓哀歌，更多的时候不是"其力尚弱"的"以哭泣为哭泣者"，而是"不以哭泣为哭泣者"，正如庄子所谓的"广己而造大也，爱己而造哀也" [5]。吕正惠据此断言："像陶渊明、杜甫、李商隐，他们的伟大之处正在于：他们让我们深切地了解到，当人一旦放弃了'自我实现'时，或一旦承认了'自我实现'的不可能时，人就只能深陷于无法自己的悲哀

[1] 认为《笑歌行》是伪托李白之作的，古有苏轼，近有钱锺书（参阅钱锺书：《七缀集》，三联书店，2002 年，第 118 页）。

[2] 参阅洪子诚等：《中国当代新诗史》，北京大学出版社，2010 年，第 134—135 页。

[3] 刘鹗：《老残游记·自叙》。

[4] 亚里士多德：《诗学》，郝久新译，中国社会科学出版社，2009 年，第 34 页。

[5]《庄子·山木》。

之中。这就是中国文学无处不在的'哀歌'。"[1] 在另一处,吕氏还给出了生成哀歌的其他缘由: "'物色'论最原始的、最具原创性的部分是以'叹逝'的角度去观察大自然,从而赋予大自然以一种变动不居、凄凉、萧索而感伤的色泽,并把这一自然'本质化'、'哲理化',使渺小的个人在其中感悟到生命的真相而唏嘘不已。"[2] "唏嘘"一词给慨叹时的嘴唇画了一幅很"肖"的"像",正好是哀歌需要因而极力巴结的嘴型。

诚如吕氏所言,哀歌更愿意与值得人"唏嘘"的生命苦短两相勾连。它既来自形而上的万古愁,也来自形而下的万古愁,所谓"哀怨起骚人"(李白:《古风》);它既可解,又绝不可解。虽然古典汉诗为消除因和解而不得产生的愁苦,也曾"上穷碧落下黄泉",但在"两处茫茫皆不见"时,也只得说服或安慰自己:实在不行,不妨以"起舞弄清影,何似在人间"作结吧——李泽厚更愿意将这种务实的美学品格称之为"回到儒道"[3]。苏东坡面对多舛的命运和世事,而付之以旷达的胸襟,陶渊明当着时光消逝的面偶有失态,却终不改颜色。两位大诗人的名作都介乎于哀和笑之间,有既深且广的颓废,却无笑意。而被吕正惠称道的李商隐,还有时不时来他个"吞声哭"之举的杜子美,更多的时候是哀歌的代表,是"不以哭泣为哭泣者"上好的标本,不在苏、陶占据的行列。不用说,以哀悲为叹的美学原则,才是古典汉诗(亦即哀歌)的根本内涵[4];中国文学的抒情传统,正需要从根本内涵入手,方能得到确认,所谓"沿波讨源,虽幽必显"[5]。但"这种感觉,古今无不同"[6]:根本内涵以文化遗传为途径,在无意识中,被曲径通"幽"、溯"源"而上的现代汉诗所承继;以哀悲为叹的美学精神,差不多已经成为现代汉诗的潜意识。除了强调、突出战斗精神的红色诗歌(一般认为,它们鲜有成功者[7]),现代汉诗并不热衷于个人对环境和命运的抗战,

敬文东专栏

321

---

[1] 吕正惠:《抒情传统与政治现实》,华中师范大学出版社,2011 年,第 3 页。

[2] 吕正惠:《抒情传统与政治现实》,前揭,第 55 页。

[3] 参阅李泽厚:《华夏美学》,三联书店,2008 年,第 166—197 页。

[4] 参阅敬文东:《叹词:魂归何处?》,未刊,北京,2015 年。

[5] 刘勰:《文心雕龙·知音》。

[6] 王小波:《王小波文集》第 3 卷,中国青年出版社,1999 年,第 153 页。

[7] 参阅刘继业:《新诗的大众化和纯诗化》,北京大学出版社,2008 年,第 61—88 页。

就是颇有说服力的证据。李金发的哀婉之词正是好例证："啊，无情之夜气，/蜷伏了我的羽翼。/细流之鸣声，/与行云之漂泊/长使我的金发褪色么？"（李金发：《里昂车中》）北岛的哀叹不失为更好的例证："以太阳的名义/黑暗在公开掠夺……/啊，我的土地/你为什么不再歌唱？"（北岛《结局或开始》）看起来，现代汉诗的西洋血统、气质和骨髓，很可能从一开始，就被有意识地夸大，或被无意识地误认了。臧棣对此有很好的论述："在文化形象上，写作主体不再是反叛者，而是异教徒；就像真正的诗歌写作永远与反叛无缘，仅仅表现为历史的异端一样。"[1]

对于以哀悲为叹的美学原则，章学诚说得很老到："遇有升沉，时有得失，畸才汇于末世，利禄萃其性灵，廊庙山林，江湖魏阙，旷世而相感，不知悲喜之何从，文人情深于《诗》《骚》，古今一也。"[2]章氏想强调的，正是《诗》《骚》中因"人生实难"[3]"大道多歧"[4]而蕴积的深沉慨叹；但只有慨叹靠近哀歌那一极时，才称得上正宗，也才算得上正常的状态。庄子则远离了哀歌这一极，成为后世旷达诗歌的精神领袖和导师。有人主张，抒情诗乃"艺术家恰切反映其自我形象的艺术形式（the form where in the artist presents his image in immediate relation to himself）"[5]。但这个"自我形象"急需要慨叹予以浸润，方能沐浴在诗的光芒中，所谓"心之忧矣，其谁知之？其谁知之？"（《诗经·园有桃》）自《诗经》起，作为普适性公式的"诗＝抒情＝慨叹"，就一直存活于古典汉诗；通过隐秘却不难理解的文化遗传，通过集体无意识（collective unconsciousness）的自为运作，普适性公式并未因时代更迭，还有诗在长相与外貌上的显著区别，沦为流浪儿或弃儿。它以从容的风度，自顾自地安家落户于现代汉诗，让后者在措手不及间，只得默认这个既成事实[6]。古今之别并没有通常想象得那么严重，所谓古典现代，心理攸同；文言白话，道术未裂[7]。慨叹有望成为古典汉诗和现代汉诗的首席灵魂；或者：现代汉诗和古典汉诗的交集正在于慨叹，哀歌只是慨叹更为常见的表现形式[8]。古典汉诗更强调音韵、格律，恰如麦克卢汉对中世纪和文艺复兴时期的描述："那时的手抄本和早期的书籍是被用来高声诵读的。诗歌被用来吟咏和歌

---

[1] 臧棣：《后朦胧诗：作为一种诗歌的写作》，王家新编：《中国诗歌：九十年代备忘录》，人民文学出版社，2000年，第208页。

[2] 章学诚《文史通义·诗教上》。

[3] 《左传》成公二年。

[4] 《列子·说符》。

[5] Alex Preminger, Princeton Encyclopedia of Poetry and Poetics, Princeton University Press,1969,p.462.

[6] 参阅敬文东：《叹词：魂归何处？》，未刊，北京，2015年。

[7] 此处套用了钱锺书的名言："东海西海，心理攸同；南学北学，道术未裂。"

[8] 参阅钱锺书：《七缀集》，三联书店，2002年，第115-132页。

唱"[1]，而"诗歌的发表实际上是在一小群人中阅读，或者是向一小群人朗读"，更强调耳朵，[2] 倾心于听觉。和古典汉诗对读者的要求不太一样，现代汉诗的受众"已经惯于阅读印在纸上的诗歌，因此甚至印刷方式也具有表现韵律的功能，这就是'视韵'产生的原因"[3]。虽然现代汉诗随身自带的音响形象仍然是其发声的基础，但现代印刷术能从诗行的版式上（亦即让现代汉诗获取其纸张上的造型与体量的角度），激发或向读者暗示现代汉诗的音响效果——这就是"视韵"的主要含义。由此，现代汉诗中蕴含的慨叹在读者那里获取的心理回声，也稍稍有异于古典汉诗的慨叹在读者那里获取的回声——后者总是要比前者少那么一点点东西。

作为一件新鲜事物，标点符号出没于现代汉诗，是跟印刷术联系在一起的；它与现代印刷术"上下其手"，再度强化了从发声方式或音响效果方面对现代汉诗的调控。但标点符号最初出现在新诗中，却遭到了旧诗情结（或旧诗心理）的攻击与诋毁。1924 年，一个叫张耀翔的人搜集了不少新诗中的感叹号，既愤怒又轻蔑地说：那些上粗下细还带有一个圆点的家伙，"缩小看像许多细菌，放大看像几排弹丸"，实乃"消极、悲观、厌世情绪的表现"。此人甚至将带有感叹号的新诗视作"亡国之音"[4]。感叹号是感慨达到自身的高寒地带时特有的标记，也是现代汉诗发出哀鸣的绝佳标注；以哀悲为叹的美学原则内含于现代汉诗也由此得到了确认。感叹号是量度哀歌的仪器，也是哀歌到达极致时不愿放手的记号。从表面上看，"凡所读，无不加标点，义显意明，有不待论说而自见者"[5]。但现代印刷术却得陇望蜀，它怂恿标点对阅读拥有强权："眼动以空间为界……眼停的地方自然会落在有标点的地方。标点符号相对空格来说对视觉更具有吸引力，更具有使眼睛间歇的引力，眼睛会很自然地在此停顿。眼睛在空格和标点符号处停顿时，文字信息已经传输到人脑，光刺激转变为电刺激和文字信息在人脑登记形成感觉记忆（短时记忆）。"[6] 标点符号与眼动或视觉之间的物理学关系，分明强化了"视韵"的效果，但更应该说成精确了"视韵"的效果，音响的高低、动静，尽在标点符号的掌控之中；而"人说话时有不同的语气。有时直陈，有时感叹，有时质疑，有时音节需要拖长，有时表达需要时断时续……这些不同的语气，

[1] 麦克卢汉：《理解媒介》，何道宽译，译林出版社，2011 年，第 184 页。

[2] 弗兰克·秦格龙等编：《麦克卢汉精粹》，何道宽译，南京大学出版社，2000 年，第 98 页。

[3] 罗吉·福勒：《现代西方文学批评术语词典》，袁德成译，四川人民出版社，1987 年，第 113 页。

[4] 转引自陈根生：《标点符号是怎样引进我国的》《语文教学》1988 年第 7 期。

[5] 《宋史·何基传》。

[6] 孙坤等：《当代国外标点符号研究》，《当代语言学》2010 年第 2 期。

在书面语上也需要不同的标点符号，把表达者的语气和音容准确形象地显示出来"[1]。对于印刷在纸张上的现代汉诗，标点起到了透析慨叹、标记慨叹、指示慨叹的作用；它能更好地将隐藏在"说话"中的慨叹从纸面上"牵引"出来，通过眼睛而进入耳朵，被"内听"（此构词法模仿了"内视"）所捕捉。于此之中，以哀悲为叹的"叹"得到了破译，哀歌之"哀"则自在其间[2]。

明人陆深有言："叹息复叹息，为乐当及时……人生聚散那有常，白日苦短夜何长。"[3]为维护诗体自身的贞操，陆深在"叹息复叹息"前面有意埋没了叹词"唉"，却又让两个"叹息"把"唉"的寓意给烘托了出来，以示"唉"到底阴魂不散。不用说，作为农耕时代的士大夫，陆氏对古典汉诗的叹息特性很了解（叹息是感叹之一种），从不怀疑哀歌在慨叹中的正宗地位，其"自我形象"早已被慨叹所浸润，这使他笔下看起来本应欢快的及时行乐，也沾染了一股子哀婉气息——被隐藏的"唉"让这种挥之不去的气息逃无可逃。谢灵运哀叹道："天下良辰美景，赏心乐事，四者难并。"[4]饶是如此，沾染了哀婉气息的"乐"并没有因为打折扣，或拥抱了自己的"跳楼价"，才获得了这副腰身和模样。哀婉气息正是乐的本来面目；书写颓废的古典汉诗中即使有乐存在，也是冻僵了的乐，冷峻、略带寒气，像凝结的火——这正是哀歌的题中应有之意。即便如此，陆深还是像他的前人那样，将及时行乐（比如写诗）当作无靠的人生能够仰仗的唯一依靠，甚或最后的依靠。无奈感是其慨叹的基本底色，以哀悲为叹的美学原则，是他无所逃遁的归宿；而凡有志于成功或幻想成功者，其慨叹（无论他是否写诗）必然与哀歌相关——"叹息复叹息"中"复"字暗示了这一点。从逻辑上看，形而下的万古愁确实存在着解药或抵偿物，但现实中东山再起、时来运转的人少之又少，郁郁而终者居其大半；形而上的万古愁根本无解，假装的抵偿物和虚拟的解药，只能起到转移视线、麻痹心智的作用。以上两者的和合，不多不少，刚好为"复"字注入了本质内涵；被"及时"而"行"的"乐"，只得放低身躯，居于哀婉的氛围之中。

与陆深不同，李亚伟的慨叹是这样的："唉，水是用来流的，光阴是用来虚度的，/东方和西方的世界观，同样也是用来抛弃的。"（李亚伟：《河西走廊抒情》第十四首）作为一个主动放弃成功观念，热衷于游戏人间的行乐者，李亚伟的"唉"虽然也可能

---

[1] 袁晖等：《汉语标点符号流变史》，湖北教育出版社，2002年，第1页。
[2] 麦克卢汉的论说在此可以作为旁证："字母表将口语的视象成分作为最重要的成分保留在书面语中，将口语中其他所有的感官成分转化为书面形态。"而标点则有助于将之还原为听觉和声音。（麦克卢汉：《理解媒介》，前揭，第185页）
[3] 陆深：《俨山集·芳树篇》。
[4] 谢灵运：《拟邺中集诗序》。

有"复"的意味杂于其间，却不再是《红楼梦》里"唉声叹气"[1]的那个"唉"；被"唉"激发出来的，虽然还是慨叹，却不再是无奈感，因为抒情主人公（或李亚伟）早已自动缴械认输，因为抛弃东西方的世界观意味着主动疏离俗世勋业。李亚伟的"唉"没有输给及时之乐，也不可能输给即刻之乐；这个"唉"表征的，正是叹息中玩世不恭的皮笑肉不笑，也是皮笑肉不笑的玩世不恭发出的叹息，接近于庄子的逍遥游[2]，远离了骚体的阴郁和哀婉。它们早已潜藏于书写颓废的诗篇，尤其是诗篇的时空构架：一个黑点的现在自动委身于"连神仙也看不尽的人间"；而因主动疏离导致的轻松感、自由感，尤其是调笑的神态，则充盈、弥漫于诗行之间，令诗句光滑、圆润、步履优雅，富有弹跳力，集慵倦和张扬于一体，却没有遗憾，没有犹豫，没有抱怨，没有不舍和恨——不同于陆深之"唉"的那个"唉"暗示了这一切。用读陶渊明和苏东坡的方式读李亚伟这几行诗，尚嫌轻微的哀歌调子寄予其间；用读陆深（或杜甫、李商隐）的方式来读李亚伟的"唉"，则是对"唉"的极度误认，是将"南腔"活生生弄成了"北调"，颇有那种风马牛不相及、乱点鸳鸯谱带来的喜剧效应。而穿插在诗句中的那些个逗号和句号，这标点符号后宫中的"常在"和"答应"，这些抿嘴浅笑的小精灵，在再度精确了"视韵"的效果后，尚有能力表明："唉"只是轻微的喜乐，不需要感叹号认领的张牙舞爪；这些颓废并且微笑着还露出牙齿的诗句，既超越了哀歌传统，又以其主动的疏离，越过了悲剧传统管辖的范围。不用说，宋炜心情平静而内含大乐与纯乐的诗篇，会让哀歌传统和悲剧传统都倍感震惊——

> 我在峰顶观天下，自视甚高；
> 普天之下，我不作第二人想；
> 日出只在我眼中，别无他人看到；
> 日落也是我一个人的：
> 我走出身体 ，向下飞，
> 什么也触不到。
> 我才是世上第一个不死的人。
> （宋炜：《登高》其一）

早在1980年代前期，以钟鸣、张枣、柏桦、李亚伟、宋炜、赵野、肖开愚、陈东东、万夏、潘维……为代表的南方诗人，已经开始有意识地经营颓废并且笑着的诗篇。刘

---

[1] 参阅《红楼梦》第三十三回。

[2] 爱莲心（Robert E.Allinson）将"逍遥游"译为"The Transcendental Happiness Walk"，突出的正是其超越性（Transcendental）和欢快感（Happiness）。（参阅爱莲心：《向往心灵转化的庄子——内篇分析》，周炽成译，江苏人民出版社，2004年，第2页）

师培对中国南方的颓废传统及其蔑视天性，早有过近乎于现象学维度上的描述："楚国之壤，北有江汉，南有潇湘，地为泽国。故老子之学起于其间。从其说者，大抵遗弃尘世，渺视宇宙，以自然为主，以谦虚为宗。如接舆、沮、溺之避世，许行之并耕，宋玉、屈原之厌世，溯其起源，悉为老聃之支派。此南方之学所由发源于泽国之地也。"[1]魏征的表述无疑更早、更简洁："江左宫商发越，贵于清绮；河朔词义贞刚，重乎气质。气质则理胜其词，清绮则文过其意。理深者便于时用，文华者宜于咏歌。此其南北词人得失之大较也。"[2]地理决定论可能很荒谬，否认或无视地理因素的参与势必更加荒谬。钟鸣、肖开愚、欧阳江河、柏桦、江弱水等人对"南方诗歌"多有阐扬，见地杂陈而缤纷[3]；但正如钱锺书说宋人可以写唐诗[4]，北人可以画"南宗"画[5]，"南方诗歌"并不是地理意义上的南方人的专利，其要义仅在于颓废并且笑着，不在于南人北人的籍贯与身份，恰如柏桦所说："而冬天也可能正是春天／而鲁迅也可能正是林语堂。"（柏桦：《现实》）[6]这种大体上培植于南方的蔑视精神，以及在它支持下构筑诗篇的方式，这个被忽视或被错认的思路，可以被认作当代中国诗人在另辟诗歌道路方面所做的艰辛努力。

诗歌新道路突破了纯粹的哀歌传统和悲剧传统。它甚至不能被认作悲剧传统和哀歌传统的简单混合，或和合；也不能机械地被看作打通了中西和古今。在一个地球村的时代，中西早不是问题[7]；有了母语和文化遗传，古今并不是大问题。颓废并且笑着（哪

[1] 刘师培：《南北学派不同论》，《刘师培史学论著选集》，上海古籍出版社，2006年，第179页。

[2] 魏征：《隋书·文学传序》。

[3] 对他们的观点堪称综述和总评性质的文章为余　所撰写（参阅余旸：《诗歌界的"南北之分"？》，肖开愚等主编：《中国诗歌评论》2014年春季号，上海文艺出版社，2014年，第10－53页）。

[4] 参阅钱锺书：《谈艺录》，三联书店，2002年，第1－2页。

[5] 参阅钱锺书：《七缀集》，前揭，第8－10页。

[6] 但明清江南一代的文人较之于北方文人，确实更容易被颓废所掳获，为诗为文都有颓废气，同样被哀歌所笼罩，强打欢颜的时候不多。（参阅史景迁：《前朝梦忆》，温恰溢译，广西师范大学出版社，2010年，第157－176页）吕正惠则对南方文人在颓废时的矫情提出了温和的批判。（参阅吕正惠：《抒情传统与政治现实》，前揭，第40－42页）

[7] 据信，地球村（Global village）一词是麦克卢汉首次提出。麦克卢汉声称："由于电力使地球缩小，我们这个地球只不过是一个小小的村落。一切社会功能和政治功能都结合起来，以电的速度产生内爆，这就使人的责任意识大大提高。"（麦克卢汉：《理解媒介》，前揭，第5页）

怕仅仅是暗带笑意），慵倦夹杂张扬，是诗歌新道路的标志性形象；颓废并且笑着不仅有能力排除哀歌传统和悲剧传统共同宠爱的感伤气质，还能将它们随身携带的自恋扼杀在萌发处，幽闭在自恋暗自起意的当口。自恋是现代恶疾、暗疮、不死的癌症，是意识或意志的艾滋病，丧失了起码的免疫系统。麦克卢汉说："在一个有文字的、形态同一的社会里，人对多种多样、非连续性的力量，已经丧失了敏锐的感觉。人获得了第三向度和'个人观点'的幻觉。这是他自恋固着（narcissus fixation）的组成部分。"[1]自恋起源于孤独，中经心理变态，而终结于毁灭，一如艾略特惊呼的："我没想到死亡毁了那么多人……"（艾略特：《荒原》，查良铮译）而"对于感染了价值虚无症的单子之人（或个人）来说，每个既新鲜潮湿又干燥乏味的个体，都是互不相连的孤岛。较之于这种身材结实、肌肉发达，时不时还做做怒目金刚'科'的岛屿，自恋的无用性不证自明，但它的有用性也不证自明：自己对自己的同情来得既虚幻、实在，又格外及时，但也更进一步坐实了个人的孤岛特性，和强烈的无助感"[2]。诗歌新道路带来了新的抒情模式；新模式之所以能够扼杀力量非凡的自恋，正在于颓废的诗篇以其特殊的时空构架，不仅能够蔑视俗世勋业，还有能力蔑视原本蔑视俗世勋业的蔑视本身——诚如李亚伟在《酒之路》中暗示过的。一种既能杀人也倾向于杀向自己的武器，不会允许矫情与自恋被纳入于自身——自己并不必然值得同情，自我抚摸既奢侈，又没有意义，还令人难堪，令旁观者作呕。李洱深谙个中三昧：好的作家或诗人应该有一种"在写作上勇于自杀的趣味，先杀死自己，然后让别人来守灵"[3]。

麦克卢汉认为，"如果没有一种反环境，一切环境就是看不见的"，"艺术家的角色就是创造反环境，用反环境去创造感知手段，让反环境去给人打开感知的大门，否则人们就处在难以明察的麻木状态之中"[4]。所谓反环境（counter environment），更大程度上是对现实环境的戏拟，直到成为它的反讽形式，并映衬出现实环境的荒谬，还确保了成功捕捉到这种荒谬的全部可能性。反环境是艺术（比如诗）能够制造出来的全新时空构架，是艺术无从摆脱的义务。对此，臧棣有清醒的认识："至于说到诗人的工作性质，我是这样想的，诗歌就是用风格去消解历史，用差异去分化历史，以便让我们知道还可能存在着另外的生存面貌。""诗歌由于自身的文化特性，它专注于描绘人的形象的可能性，探寻丰富的生命意识；这样的工作很少会和历史保持一致，而由于历史自身专断的特性，诗歌便在文化的政治意义上成为'历史的异端'。"[5]"另

---

[1] 麦克卢汉：《理解媒介》，前揭，第 31 页。

[2] 敬文东：《论垃圾》，《西部》2015 年第 4 期。

[3] 李洱：《问答录》，上海文艺出版社，2013 年，第 55 页。

[4] 弗兰克·秦格龙等编：《麦克卢汉精粹》，前揭，第 70 页。

[5] 臧棣：《假如我们真的不知道我们在写些什么……》，《山花》2001 年第 8 期。

外的生存面貌""历史的异端",很可能是反环境的同义词或绰号,是诗歌写作的基本义务。

麦克卢汉的洞见既高明,又常识:无论是悲剧传统,还是哀歌传统,都是为了通过诗歌写作,为写诗者或读诗者提供一种陌生化的新环境(新的时空构架),用以凸显读诗者或写诗者置身其间的那个环境,诱使他们聚焦于该环境中从前未被他们注意到的东西,让他们震惊之余,幸免于"难以明察的麻木状态",走出见惯不惊、熟视无睹的庸人之境。人之所以对自己寄身其间的环境麻木不仁,是因为"任何社会,只要它存在,或它感觉到自己还是个正常运转的社会,它就会继续给自己的环境投资",因此,"军事化社会往往使自己更加军事化,一个官僚主义社会往往使自己更加官僚化"[1]。这个社会的最终目的,是造就各种各样的"麻木状态",以延缓自身的衰亡——唯有臣民的麻木,才有统治和统治者的成功;而成功仰求的,仅仅是稳妥而不生浪花的环境:顶好是"死水"而无"微澜"。就像"遗嘱有一个好处是,它暗示有个未来"[2]一样,钟鸣站得高,看得远,他认为,如果没有反环境,没有对真资格罪恶的真资格侦讯,诗歌就将沦于从词开始到词结束的游戏——"除了词,还是词"[3],不指称词之外的人间世事,两种形式的万古愁仅仅爬在词的表面,无关乎内心与灵魂:

> 见刀子就戳,见梦就做,见钱就花。
> 花红也好,花白也好,都是花旗银行的颜色。
> 见花你就开吧。花非花也开。
> ……
> 见女儿你就生吧。用水,用古玉和子宫生。
> 一个子宫不够,就用五个子宫生。
> 母亲不够,就用奶奶外婆生。
> 女人不够生,就让男人一起生。
> (欧阳江河:《万古销愁》)

词与词之间的搭配精妙无比,几乎是自动生成的,像打开龙头的自来水,哗哗直下,借助的是惯性,是一个"嫖词"老手的自信,一个"泡词"九段的自得;词与词的焊接处不见脂肪,黏合剂也踪影全无,甚至连必须存在的榫卯都不在场,滑溜、顺畅,摩擦系数接近于零。但终归是词的天下,词的集中营,词的盛宴,唯余抽象的时间形

[1]休·特雷夫-罗珀语,转引自弗兰克·秦格龙等编:《麦克卢汉精粹》,前揭,第70页。
[2]布罗茨基:《小于一》,前揭,第90页。
[3]钟鸣:《新版弁言:枯鱼过河》,钟鸣《畜界,人界》,前揭,第7页。

式和空间形式，让人想起了半个西昆体，或四分之一的江西诗派，跟题目中的"万古销愁"只有字面上的联系，气若游丝般的相关性。而新开辟的诗歌道路似乎从一开始，就成功地免于从词到词的游戏。这得力于颓废者洞明世事却不悲观，饱享此时此刻，却不抱成功人生的任何希望。当一切都可以放下时，心也可以放下；而放心带来的，正是轻松和从容。但免于从词到词之泥淖更重要的缘由是：新道路要求颓废诗篇拥有实实在在的时空构架，容不得抽象、干燥，因为颓废的生活片段是实实在在的，是鲜活感性的，拥有具体而非抽象的时空构架。就像阿比·瓦堡所谓上帝"喜欢把自己隐藏在细节之中"[1]，颓废的气息更愿意藏身于湿漉漉的生活实体——只剩下骨架的身体不是身体，正如不被感知的时间不是时间。王夫之曰："身之所历，目之所见，是铁门限。即极写大景，如'乾坤日夜浮'，亦不逾此限。非按舆地图便可云'平野入青徐'也，抑登楼所得见者耳。"[2]虽然王氏说得稍显过分，也过于严格，却未必不是实情。因此，首先必须是词与物发生关系，并且是裸体式的，零距离的，就像裸露的现在；其次，才是跟物发生过关系的那些词彼此之间发生关系，但又绝不是自动的，不是从"见钱就花"的"花"，自动引出"花红""花白""花旗银行"和"花非花"中的那些"花"，也不是从"见女儿你就生吧"的"生"，自动引出那么多乱七八糟，徒具修辞效果的"生"——那顶多是身体的骨架，甚至连骨架都算不上，只是空壳的词。这些与物相隔绝的词进行的自我推衍，纯属词的自恋，词的自我抚摸，词的自慰，也是词的更年期。书写颓废的诗篇在操作上遵照如下程序：词与物发生关系牵引着词与词彼此间发生关系，进而牵引颓废的诗篇走向自己的最后一个字，直至完成诗篇。发生在词—物—词之间的三重关系，能保证书写颓废的诗篇是及物的，具体、鲜活，拒绝"理过其辞淡乎寡味""诗皆平典似《道德论》"[3]的那种诗，拒绝词的自恋；而放心之后的轻松和从容，能保证书写颓废的诗篇面带笑意，哪怕是玩世不恭的皮笑肉不笑。

诗歌新道路能够克服感伤和自恋，谨守人生的无意义本质，把持每一个共时性的现在，在慵倦与张扬相杂陈的蔑视神情中，纵情于醇酒、妇人，或它们的替代品，欢快于"连神仙也看不尽的人间"。和悲剧与哀歌传统制造的反环境相比，诗歌新道路制造的反环境——"另外的生存面貌""历史的异端"——显得更打眼，也更极端。援引醇酒、妇人入诗，是为了凸显现实环境的荒谬，但也是为了制造反环境中的即刻之乐和及时之乐；诗歌新道路热衷于自身内部的时空构架，其实质是解剖现实环境，让它的整体以切片为方式共时性地存活。此时，每个切片都是一个小小的反环境；无数小型的反环境多次笑着羞辱了现实环境，把哀怨与冲突扔到爪哇国。笑着的蔑视才

[1]参阅乔吉奥·阿甘本：《潜能》，前揭，第11页。

[2]王夫之：《姜斋诗话》卷二。

[3]参阅小川环树：《论中国诗》，谭汝谦译，贵州人民出版社，2009年，第21页。

敬文东专栏

是更高级别的蔑视，笑着的颓废则将慨叹提升到一个新的境界：寄居在这种诗篇中的慨叹是对人生无意义本质的肯定，却又没有因此否定人生——李亚伟的"唉"道明了其中的一切。诗歌新道路，亦即颓废并且面带慵倦笑意的诗歌写作，不仅是颓废者行乐的方式，更有望创造新的诗歌样态，开辟新的诗歌境地。它是现代汉诗的战略性转向，超越于哀歌传统和悲剧传统，热衷于自己的传统。瞧，宋炜哪像个落拓文人？瞧瞧他的咏诵该是何等迷人，肉香、酒色、笑容一应俱全：

> 其实我有的也不多，数一数吧，就这些
> 短斤少两的散碎银子，可我想用它们
> 向你买刚下山的苦笋，如果竹林同意；
> 我要你卖满坡的菌子给我，如果稀稀落落的太阳雨同意；
> 让我的娃儿去野店里打二两小酒吧，如果粮食同意；
> 我老了，我还想要小粉子的身体，如果她们的心同意；
> （其实我也想说：我要小粉子的心，如果她们的身体同意）……
> （宋炜：《还乡记》其一）

图书在版编目（ＣＩＰ）数据

汉诗·催咚催 / 张执浩执行主编. -- 武汉 : 长江文艺
出版社，2018.2
　　ISBN 978-7-5702-0250-8

Ⅰ. ①汉… Ⅱ. ①张… Ⅲ. ①诗集－中国－当代
Ⅳ. ①I227

中国版本图书馆CIP数据核字（2018）第031675号

责任编辑：沉　河　谈　骁　　　　　　责任校对：陈　琪
封面设计：祁泽娟　　　　　　　　　　责任印制：邱　莉　　王光兴

出版：　　长江出版传媒　　长江文艺出版社
地址：　武汉市雄楚大街268号　　　　邮编：430070
发行：　长江文艺出版社
电话：　027—87679360
http://www.cjlap.com
印刷：　武汉新鸿业印务有限公司

开本：720毫米×1020毫米　　　1/16　　　印张：21.125
版次：2018年2月第1版　　　　　　　2018年2月第1次印刷
行数：8500行

定价：36.00元